U0133454

老东北记忆

王长元◎著

吉林人民出版社

出 品 人：常 宏
选题策划：吴文阁
责任编辑：王 斌
封面设计：张保康

图书在版编目（CIP）数据

老东北记忆 / 王长元著 . -- 长春 : 吉林人民出版社 , 2023.5
ISBN 978-7-206-20010-6

Ⅰ . ①老… Ⅱ . ①王… Ⅲ . ①诗集－中国－当代
Ⅳ . ① I227

中国国家版本馆 CIP 数据核字 (2023) 第 125413 号

老东北记忆

LAO DONGBEI JIYI

著　　者：王长元
出版发行：吉林人民出版社（长春市人民大街 7548 号 邮政编码：130022）
咨询电话：0431-85378007
印　　刷：长春第二新华印刷有限责任公司
开　　本：720mm × 1000mm　1/16
印　　张：19.75
字　　数：200 千字
标准书号：ISBN 978-7-206-20010-6
版　　次：2023 年 5 月第 1 版
印　　次：2023 年 5 月第 1 次印刷
定　　价：48.00 元
如发现印装质量问题，影响阅读，请与出版社联系调换。

目　录

纳鞋底儿

针锥子
在头皮上轻轻打磨
细麻绳
被拽得刺啦啦发热
纳鞋底儿的关东女
一锥子下去
就能把坚冰刺破

黄灿灿麻绳
连缀千山万壑
女人的点点心血
在针脚上丝丝传播

一个针眼儿
就是一团火
一双鞋底儿
就传递一片生命灼热

手掌上的绳痕
勒出缕缕血色
粗糙的顶针
将命运悄悄定格
管他什么深山冰雪
和草甸子沼泽……
有了这麻绳的缠绕
还在乎什么岁月险恶

纳鞋底儿
承载着女人的魂魄
密密麻麻针脚
支撑起关东山坚硬骨骼
哪怕
坚实脚板走遍千山万水
千山万水的每一个脚印
依然牵动着
关东女人温热的脉搏

铁匠炉

老风箱
呼嗒呼嗒拉扯
炉膛里
跳动着刀尖一样火舌
烧红的铁料放上铁砧
一锤子砸下
火星子就四处迸射

皮围裙
扎在腰间
汗珠子
挂满前额

十磅大锤握手中
打铁人最知晓
什么才是铁的品格

一锤子下去
铁柔软如泥
两锤子下去
铁露出本色
三锤子下去
铁里长出骨头
四锤子下去
骨头里又生出魂魄
老铁匠——
苦难命运的锻造者
用铁锤
诉说着生命悲欢离合

锻出了冰镩
就能凿开冰封的江河
锻出了镰刀
就能把大地秋天收割
锻出了钢钎
就能劈开深山石头
锻出了灵魂

就能打开命运枷锁
……

铁匠炉
已然成了关东山标本
炉中灰烬
也尘封了遥远岁月
偶尔梦中
还听到打铁的声响
我依旧
怀想那烟熏火燎的世界

柳树叫叫

毛毛狗儿
悄然爬上柳梢
春风
柔软了纤细枝条
农家娃子
吱扭吱扭拧叫叫
青青树皮管儿
竟吹出了
老东北春天的妖娆

小脸蛋儿
风干出蚂蚱口儿

木梳背儿头
多像圆滚滚葫芦瓢
腮帮子
吹得鼓溜溜哟
嘟、嘟、嘟、嘟声响
那才是
黑土地最动情的歌谣
声音里——
弯钩犁
唤醒了沉睡土地
点葫芦
播下了春天秧苗
笤帚头
唰啦唰啦扫着碱面子
花轱辘车
咯吱咯吱碾过石头桥

柳条返青——
那是大地
迎春的第一个信号
柳树叫叫唤起了
关东人
佝偻了一个冬天的身腰

尽管
百灵鸟开始了歌唱
小马驹儿
撒欢儿抖搂起鬃毛
若没有
柳树叫叫吹绿了春天
哪个知晓
老东北开春儿
会是这样爽阔、辛劳

熬碱

大风小嚎的三月
白茫茫碱甸子
哪有一点春色
关东女人
唰啦唰啦扫着碱土
土豁豁生命
从此不再寂寞

大筐小篓
麻袋笸箩
女人柔弱身子
多像一匹负重骆驼

愣是把
茫茫大甸子背进了铁锅

碱蓬草的火苗
点燃了木柈子火
毕毕剥剥的烈焰
生生地
把冒红的太阳
烧成了金子般明月
关东女眼角烤红了
一脸疲惫
写满对命运的挣脱

锅开了
翻滚的碱水
漂浮起白色泡沫
大团大团雾气
演变成村庄最美丽云朵
连梦想都放进锅里了
一起煮、一起熬
最后熬成了
苦涩、甘甜、透明的碱坨

熬碱

究竟熬的是什么呀
是碱水的精魂
是碱土的魂魄
还是关东女人
用火与泪
对命运不屈不挠的求索

针线笸箩

柳条子
编织的笸箩
经过几百年
炕席花儿打磨
白亮亮的木碴
早已磨出老柳树本色
颤颤巍巍端起它哟
便端起了
关东女人沉甸甸岁月

鞋楦子
已经老旧

旧顶针
还闪烁光泽
线板子
一道一道缠绕辛酸
碎铺衬
缝补了生活点点残破
……
这一切
都装在针线笸箩里
针头线脑哟
流淌出女人生命的长河

烙铁滚热
烙开了生活的死褶
袜底板儿坚硬
坚硬起关东人骨骼
麻劈儿柔软
捆扎住岁月柔情
剪刀锋利
剪开了命运的绳索

针头、线脑
顶针、纸壳
哪怕一缕细细线麻劈儿

都连缀起了
大风大雪
大江大河

针线笸箩
柳条子本色
小不点儿空间哟
竟将老东北
大山大水全然囊括

踩格子

靰鞡鞋
踩着松软的泥土
每个脚窝儿
都雕刻着鞋底儿纹路
憨厚的种子撒在泥土中
分享着
脚窝儿带来的幸福

这是
关东人最浪漫的行走
每一步
都把梦幻写进泥土

这是
黑土地最豪迈的行走
一步步
丈量着春天的长度

从不在乎什么
倒春寒
更不在乎什么
窜地鼠
只要脚板踩过的田垄
泥土中
就多了一份生命筋骨

踩格子
一踩就是几百年呀
靰鞡鞋最知晓
该怎样为大地做主
虽然脚掌子
磨出了夕阳般的血泡
茧子开花的地方
对大地山川
有着亲娘般的感触

如今一切

已成为人间化石
连同岁月都落满尘土
但只要
我站在春天的田垄上
心中依然会涌起
无边温暖和淡淡酸楚

点葫芦

弯钩犁

划开了黑油油泥土

青草尖

飘闪过圆溜溜露珠

嗒、嗒、嗒、嗒……

柳树棍儿一下一下

敲响了点葫芦

笤帚篾儿上

飘散出早春第一个音符

每一次敲击

都是一次情感倾诉

每一次敲击
都是一次生命叮嘱
当点葫芦
对春天许下承诺
哪怕一千次的暴风雨袭击
冒芽的种子
都凸显出坚韧风骨

关东人呐
从不懂什么灵魂救赎
只知道
拿性命去冒险狂赌
面对着
冰雪融化的土地
把点葫芦当成了赌注
那才是
对冰天雪地最动人的征服

点葫芦
装载的岂止是种子
那是一份
关东人对明天的存储
虽然抱在胸前
却连缀着五脏六腑

其实
在播撒种子的同时
连同
自己性命也种进了泥土

灯窝儿

间壁墙
那一凹小小灯窝儿
刺啦一声
将夜幕愤然撕破
就是
这一簇暗淡的灯光
照亮了
里外屋两个世界

灶膛婆娘
老风箱手中呼呼拉扯
编筐汉子

柳条子怀里上下起落
跳神的
当鼓敲落天边星辰
蹦蹦戏
唱醉了人世悲欢离合

灶台上
打狗的干粮刚刚出锅
土炕上
新生的婴儿呱呱降落
小灯窝儿
见证了人间生死
风雪夜
人们知晓怎样挣扎存活

细细的烟灰
游丝状空中飘浮
浓烈的煤油味儿
熏黑了房箔梁柁
嘴巴变黑了
鼻孔变黑了
爆裂的灯花
竟点燃了大地灵魂之火

一个灯窝儿
只是一粒光亮
万千个灯窝儿
就汇成生命长河
关东山
祖辈传留多少代呀
魂魄中
永远闪烁那金子般光泽

淘　金

冷风
小刀子一样擦着皮肉
河水
马蹄针般刺着骨头
关东山的淘金人
紧缩双眉
在河水中苦苦寻求

木簸箕晃动
晃出了天边“老爷”
河水流淌
流过来月牙星斗

身子
一起一伏劳作
多像
命运对天地的拜叩

河水一丝丝冲刷
泥土一缕缕流走
偶然间
发现了一粒金砂
淘金人
心尖子都会突突发抖

三把头过手
二把头过手
大把头过手
只要淘到了“狗头金”
差不多
整个山谷都会抖擞
那一双双
发红的眼睛啊
多像
一个个喷火的山口

金子

岂止是
上苍对人间的补救
或许更像
天使和魔鬼诀别的路口
……

淘金
淘走了多少岁月
淘干了多少河流
可怜巴巴淘金人哟
最后
竟被世道
淘空了身上每一块骨头

放　排

一根根舵棒
击碎了水中云彩
一双双赤脚
踩踏着飞溅的木排
松花江的放排人
早把性命
交付给江水来主宰

狂风掀动江面
大江变成了大海
闪电撕碎夜空
乌云像群山一样压来

放排人
石头一样表情
条条纹路
都是对苍天最坚硬告白

一家老小
仿佛还在岸边等待
女人们
送别的泪眼
似乎永远
伴着江水在徘徊
……

激流
多像凶煞的鬼怪
石笼
多像一口站立的棺材
寡妇山
闪烁着地狱光泽
老恶河
流淌着人间悲哀

大江上
讨生路的苦命人哟

脑袋
早已别进褴褛的裤带
刀尖一样行走的日子
哪里死去
就随便在哪里掩埋

放排
驾驭着千里大江
心中
却是一片人间苦海
放排汉子
拼死拼活地劳作
哪里
还顾得上什么明天、未来

车轱辘菜

小北风
做着最后挣扎
雪壳子
星星点点未曾融化
坑坑洼洼的道眼儿上
竟长出
关东春天第一片绿芽

马蹄子
咔嗒咔嗒踏过
花轱辘车
咯吱咯吱碾轧

你每一枚倔强叶片
都雕刻着
不屈生命的伤疤

路边的
牵牛花开了
开出了一片片红霞
水沟边的
水稗草绿了
引来了花翅膀蚂蚱
唯有你
指向青天的长莛
多像
唤醒沉睡大地的雷达

即使秋霜袭来
所有的植物
都已屈从跪下
你依然用生命的坚韧
在车轮下面
做出默默无声的回答

哪怕
有一天你悄然枯萎了

连叶片都变成了黑纱
可你高钙的尸骨
依旧化作了
人间草药
继续编织着春天童话

袜底板儿

虽然只是
几块木头拼凑
却长出了
脚板儿一样硬的骨头
就凭着这份坚硬
支撑起了
昏暗夜晚的星斗

煤油灯光
像一粒贫血蚕豆
灯下女人
一针一针

缝补着生活伤口
昨天
刚刚补过的袜子
今天
又被长牙的脚跟磨漏

贫寒日子的漏洞
只能靠针线来补救
每个针脚儿
都缝合着命运的祈求
哪怕针尖儿
扎破了粗糙手掌
流淌出的
那是关东女人生命的暖流

闯关东的脚板儿
喜欢在刀尖儿上行走
哪一块老茧
不是磨平大山的石头
哪怕袜子磨出了
一百一千一万个窟窿
关东女人啊
多像女娲
变成了补救苍天的妙手

袜底板儿
尽管寒酸、简陋
一丝丝木纹儿
连缀着
黑土地生命的田畴
无论
粗大脚板儿走到哪里
都会带去
一针一线的真情问候

老抱子

茅茅草
一棵一棵叼进鸡窝
发烫的羽毛
把红皮鸡蛋焐热
老抱子
苦巴苦业孵小鸡哟
鸡冠子
煎熬得没了一丝血色

哆哆哆声响
蛋皮儿一点点被啄破
咔嚓一下裂开了

小鸡仔
湿漉漉走出蛋壳
一个生命
由此诞生啦
老抱子
就多了一份牵肠挂肚的不舍
遇到小虫
自己舍不得
咕咕咕……
叫过来远处的鸡仔
品赏着
孩子们吃虫的快乐
碰到蚂蚱
飞身去捕捉
咕咕咕……
唤过来愣神儿的鸡雏
分享着
母爱甜丝丝的喜悦

暴风雨袭来了
闪电把乌云撕破
她用
蒲扇大的翅膀
遮挡住了

一场狂风暴雨的肆虐

“老鸹子”飞来了
她筋骨
立马就变成了钢铁
脖颈羽毛
奓奓起来了
冷冷目光
比号叫的北风还凛冽
哪怕
豁出老命拼到死哟
也要为
小仔子流尽最后一滴血

这是
一种人间神鸟呀
常把
大地当蓝天书写
她用咕咕咕叫声
给寂寞春天
唤来一个生机勃勃的世界

沿流水

经过
大风小号的撕扯
沿流水
已将沉闷冬天撕破
丝丝缕缕细流
正切割着冰封的江河

透明水滴
带着愤然的地火
涓涓潜流
有着骨头般性格
每一朵浪花

都是一刃锋利刀尖
每一丝水纹儿
都是捆绑冬天的绳索

虽然岸边
还有着斑斑残雪
雪下小草
还没有返青复活
但春风
毕竟刮来了
岁月马车
正咯吱咯吱碾过惊蛰

大棉袄
还穿在身上
时不时感到灼热
狗皮帽子
还捂在头上
打鱼人开始了春天思索
开江网
终于领悟了
是什么打开
比石头还坚硬的江河

冰排流动了
流走了严冬冷漠
鸟儿飞来了
衔着春天的云朵
此刻
沿流水早已流走了
流向哪里
连远方大海
都保持着无边沉默

推碾子

推着
沉甸甸碾砣在行走
咬紧的牙关
已演变成坚硬的石头
如果
没有筋骨做支撑
庄户人
又怎能成为石头的推手

咕噜咕噜的声音
像猛兽在低吼
踏到地上的双脚

像刨进深山的镢头
推碾人
每一次弓腰
多像一头
深翻田垄的耕牛

双脚
一圈圈走动
似乎
在寻觅人生的出口
碾杆发亮的地方
镌刻着
推碾人血汗混杂的感受
石缝中
碾轧出来的灵魂呀
每时每刻
离不开五谷杂粮补救

高粱碾碎了
酿成了甜丝丝土酒
麦子碾碎了
蒸出了香喷喷馒头
汗珠子碾碎了
汇成了生命热血

鞋底子碾碎了
磨出了钢筋一样的骨头

石碾子
多像命运的魔咒
每一次转动
都带来五谷的问候
关东山
就是一个大碾盘呀
每一粒谷物
都见证了
关东人热血、灵魂的不朽

培　垄[1]

二大镐
带着生命厚重
一镐刨下去
就迸发出农家
积攒了一个冬天的感情
汗珠子
镐尖上咕噜咕噜滚动
映照出
老东北挂着霜花的黎明

1　培垄：培，东北方言发音为“bèi”。

黑黝黝泥土
似乎有了灵性
一弯一弯的蚯蚓
竟成了大地的精灵
刚刚刨出的新土
仿佛还没怎么睡醒
窸窸窣窣
细碎土渣渣
正坦露
油汪汪、喜滋滋心情

手掌上
“重皮泡”开花了
庄户人
哪还顾得上疼痛
脱落的
老茧子连同希望
一块堆儿
都埋进了泥土之中

垄沟、垄台
多像命运的麻绳
正是
这一条条大地纹路

才编织出
庄户人田野一样的人生

培垄
虽然
挥动的是臂膀
绽放的却是真情
那默默无语的田畴
只能用秋天
回馈着农民对土地的忠诚

坐　席

“蛤蟆头”
烟雾迷迷蒙蒙
南北炕
人客（qiě）满满登登
八仙桌
四凉四热烧刀子酒
庄户人坐席
一口土酒
就点燃了老东北火辣辣感情

都是
闯关东的兄弟

风雪中
都有着过命的交情
看看粗糙手掌
哪一个不是
生死场上拜把子弟兄

一家子办事儿
点燃了全屯子热情
老亲少友聚一起
连大冰大雪都动容
后辈人结婚
顺应了上苍天命
一个新家
就是一炬燃烧的火种

狩猎、淘金
放排、凿冰
……
关东山香火不能断哟
男婚女嫁
才是人间最耀眼的黎明

酒碗
慢慢举过头顶

土酒
早已把热血烧红
关东人
哪怕喝倒也高兴哟
一桩喜事儿
就是一座崛起的生命长城

坐席——
老东北绚丽风景
大碗儿酒
浇筑了壮美人生
每每看到
老榆木的八仙桌
我便对那
沧桑土地充满了深情

送 灯

新秫秸
劈成了三棱
柳树棍儿
底边做着支撑
老黄纸顺势粘上去
一截蜡烛
照亮了荒野坟茔

这里世界
是另一种风景
苍凉黄土
包裹着人的沧桑一生

哪怕
坟头有了一丝光亮
黄土下面
或许就是一片光明

长眠大地的先人
是否还会睡醒
瑟瑟作响的荒草
是否还能
唤回祖先的魂灵
后辈人
凭借这束光亮
竟给
人间天堂架构了彩虹

虽然只有一粒灯火
那却是
后辈人感恩的心情
虽然只是微红火苗
却象征
人类血脉的传承
这灯火
为何点燃在十五晚上
因为

月光下的人性最为透明

送灯
送走了
多少荒寒岁月
却永远送不尽
黄纸灯
映照的那份人间感情

大碗儿酒

草窝棚里喝酒
哪有那么多讲究
你一口、我一口、他一口
……
蓝边儿二大碗
传递着
老东北生命的热流

这只手
传到那只手
那只手
传给下一只手

粗粗糙糙的手掌
筑起了一座
热辣辣的情感码头

都是一些
出苦力的命哟
都是一些
生死过命的朋友
只要聚拢在一起
酒碗儿
就成了生命夜晚的星斗

贫瘠中煎熬挣扎
苦难里悲戚忧愁
风雪中饥寒疲惫
神龛前跪拜祈求
……
这一切
都倒进了二大碗里
一口喝下
就此化作命运不屈的河流

虽然
瓷碗那么粗糙

碗边儿
还挂着尖尖豁口
只要烧刀子喝下去
所有梦幻
都飞翔出无边无际的自由

关东山的
大碗儿酒哟
每颗酒滴
都是人性真情流露
黑土地
用不着什么海誓山盟
所有承诺
都靠大碗儿酒一点一滴坚守

轱辘冰

正月十五的晚上
连月亮都惊诧
关东人
这是怎么啦
为什么
把自己变成了磙子
在大冰上滚动、碾轧

男人碾轧
女人碾轧
老人碾轧
孩子碾轧

一片
白花旗染黑的棉衣
似乎在
寒冷的冰面上苦苦挣扎

滚冰
究竟滚走了什么
是病痛，还是伤疤
滚冰
又滚来了什么
是运气，还是富甲
默默无语的大冰
沉默了好几百年
却从不做答

就这样
一年一年滚动
就这样
一辈一辈碾轧
哪怕有一天
身子真的碾碎了坚冰
那顶多
也只是个美丽动听的神话

世事间
哪有什么讨巧的办法
支撑人站立的
只有不缺钙的骨架
还是从
大冰上站立起来吧
扔掉祈求的袈裟
让滚动变成行走
把所有的坚硬
都踏踏实实踩在脚下

大饼子

红亮亮的
柳条子火
烧热了
八印大的铁锅
关东女人贴饼子
一巴掌下去
哪个知晓
贴出的是香甜还是酸涩

手掌的茧子花
印上了一朵一朵
粗糙的手指纹儿

多像一道道命运车辙
大饼子
刻下了多少生命印记
煳巴巴饼嘎巴儿
烙出了人生无边苦乐

吃了它轧地
田畴就少了坎坷
吃了它秋收
镰刀尖就有了魂魄
吃了它劈山
胳膊就是一块钢
吃了它抡锤
腰杆子就是一块铁

东北人身上
哪一个
没有大饼子基因
关东人骨头
哪一块
没经过大饼子打磨
大饼子——
关东山的压舱石啊
它用精魂

照亮了粗粝的土地、江河

如今
大饼子
早已褪去了岁月烟火
只要想起它
我依然能感到
母亲手掌子那份温热

“破五儿”

有一个古老风俗
民间叫作“破五儿”
就是
正月初五这天包饺子
企图
将小人嘴巴捏住

饺子一包
就是两千多年
遗憾的是
小人嘴巴并没有捏住
绝非饺子皮

没有捏严
或许是人的劣根
没有铲除

与其
捏住小人嘴巴
不如
将自己嘴巴捏住
一个人或许就是
他人的小人
每个人不要成为
别人的坟墓

初五
还得包饺子
还是包上对别人的爱慕
包上对人间的祝福

顺便
再剥几瓣大蒜
消一消口腔里
残留的病毒

土　墙

只因为
木榔头夯得坚实
连黄土
都能在大地上站立
关东山的干打垒
每个土渣
都传承了关东人的脾气

狂风吹来了
房盖儿都会被掀起
那黏结一起的黄土
仿佛

在大地上生长了根须
即使
偶尔吹下一粒土渣
那土渣
定然呈现出一脸的不屈

暴雨袭来了
大树会变得萎靡
那站立起来的黄土
没有
一丝一毫的弯曲
即使
雨水冲掉一颗土粒
那土粒
也将变成激流中的化石

严冬到来了
连石头都冻得战栗
经过
无数个冬天的土墙
墙根儿处
竟保留着早春气息
老人们
颤颤巍巍蹲靠在那里

心头立马
生出阳春三月的暖意

土墙
黄土伸出的坚硬手臂
遮挡了
关东山几百年的风雨
虽然已经
不见了断壁残垣
墙的魂魄
依旧是东北人生命的根基

老石匠

将圣贤名字
一錾子一錾子刻上祠堂
于是石头
就焕发出生命热量
过路人
面对那硬邦邦石头
哪个心中
不充满崇敬、景仰

将逝者名字
一錾子一錾子刻到碑上
于是石头

就饱含了生命悲伤
亲人们
面对那硬邦邦石头
哪个眸子
没有泪水在流淌
……

老石匠啊
雕刻了一辈子石头
秉性
还像石头一样顽强
面对一个个
坚硬日子和生命碰撞
总是用铁锤錾子
去丈量
命运的坎坷与荒凉

刻过的石头
尽管有着大山的重量
并没有压弯
他干巴巴脊梁
茧子花朵朵
早已开满粗糙手掌
倔强不屈的纹路

依旧在布满伤痕的皮肉下珍藏

某一日
老石匠故去了
竟被黄土
埋入了寂寞山岗
坟前
哪还有一块石头啊
更寻不到文字一行
只有
几棵枯败荒草
孤孤零零
似乎在为老石匠默默吟唱

重　轭

总算
卸掉了脊背的重轭
本该是
一次全新的生命解脱
有点像
打开生锈的镣铐
放飞的是
牢笼破碎的喜悦

但
不知为什么
减负的老牛

开始了沉默
草料没了味道
星空变得寥落
面对沉甸甸的田垄
脊背刺痒得
就像刀尖丝丝刮过

莫非几十年的重轭
把沉重注入了骨骼
承载变成了一种本能
减负反倒成了压迫
那海阔天空的悠闲
竟演变为无边无际的折磨

最终
老牛还是倒下了
眼角失去最后一抹亮色
在奄奄一息梦幻里
灵魂的脊背
重新带上那残破的重轭

悲哀的老牛啊
你的悲哀
让整个世界为之困惑

重轭
对于你究竟意味着什么
是昨天的枷锁
还是明日的魂魄

泥巴摔炮

黄土泥
揉搓得绵软筋道
厚厚泥饼
捏出圆溜溜空槽
使足力气摔下去
嘭的一响
摔出了老东北童年味道

摔炮
有大有小
爆裂声
有低有高

黄泥巴包裹的童年哟
土渣渣里
浸透着比草芽还稚嫩的欢笑

泥擢擢的小手
从小就学会制造
像辛苦劳作的父辈一样
把黄土
当成了生命法宝

田埂、毛道
房山、土庙
只要有黄土的地方
就能炸响泥巴摔炮
老东北
的确太寂寞了
竟把泥巴的响声
当作了生命的螺号
……
如今
一切都远去了
摔炮声
成了遥远记忆的符号
只要看见

金灿灿的黄土
我真想再做一回
泥巴摔炮

打乌米

沿着垄沟
唰啦唰啦行走
苦巴巴眼神儿
盛满了凄惶、渴求
猛然间
发现了高粱乌米
就如同
暗夜中看见了耀眼星斗

硬邦邦菌包
微微有点硌手
剥开外边的绿叶儿

鲜嫩的乌米
就窝藏在里头
……
无疑
这是一个狂喜时刻
关东娃
打捞梦想全靠自己动手

咬一口
香喷喷怒放着芬芳
品一下
甜丝丝好生煞口
虽然嘴巴、牙齿
像涂抹了浓墨
那甜美感觉
在魂魄中能珍藏许久

孩子的梦幻
像荒草一样疯长
黑亮亮的乌米
照亮了人生的路口

打乌米
打造了

多少动人童话
动人童话的背后
那是对乡情、故土
一生一世的坚守

五龙背温泉

由于
大山的厚重真诚
连泉水都受到
一百倍感动
汩汩喷涌的清泉——
用热量
表达着大山的心情
三十度
四十度
五十度……
每一度水温
都带来一份大地深处的赤诚

浸泡在水里
心灵就会受到震动
每一个敞开的毛孔
都接纳了
这份山水的感情
人世间
哪个生命不曾沉重
疲劳、病痛
纠结、悲情……
只有遇到清澈的泉水
你沉重的命运才会变得轻盈

大山中
有着数不尽的风景
温泉
才是风景中最鲜活的魂灵

其实
五龙背的泉水
不只让我
感知了大山的灵性
更彻悟到了
另一种干干净净的人生

蹦蹦戏

灯窝灰
眉毛上细细描画
老红纸
涂红了“奔儿楼”脸颊
上装下装一副架
蹦蹦戏
唱出了关东人生命的挣扎

开场戏
靠的是锣鼓欻
小唢呐
打开了灵魂一道闸

亮开嗓儿
唱的都是掏心嗑
一块手绢
包裹了人间酸甜苦辣

哭糜子
曲调凄切声喑哑
武嗨嗨
字字真情把心窝扎
靠山调
实打实凿不掺假
小翻车
火辣辣唱出人生一片霞

唱屯场的
舞台足有天地大
唱金场的
双脚落地有金沙
唱江道的
江水悠悠情不尽
唱木把的
老林子听懂了人间话

蹦蹦戏

千军万马就咱俩
俩人世界
能把关东全装下
风雪中
大俗大美三百载
关东人
至死看不够
那扎心勾魂儿的风情画

土 坯

麦秸扬荚
搅拌的黄泥
缕缕麦香
融入了泥土气息
坯模子
刚从地上水涝涝端起
新脱的土坯
便有了生命皈依

柔软的月光
驱散了泥中水气
火巴巴太阳

坚硬了泥土身躯
当它以石头方式
在大地上站立
石头魂魄
便照亮了生命根基

垒砌土炕
托起了关东梦幻
建造土屋
遮挡了人间风雨
修筑粮仓
为生存做着存储
搭建土庙
为灵魂寻找温暖天梯

上连着天
下连着地
老东北黄土
蕴含着人性巨额储蓄
老人走了
枕着它当作天堂陪伴
孩子殇去
立起它承载人间哀思
小小土坯

见证了世事生死
每一粒土渣
都是生命不朽的根须

如今
土坯老去了
憨厚的黄土
已尘封了岁月废墟
只要你闻一闻脚下泥土
依旧能嗅到
那多情硬朗的黄土气息

放　山

刚刚
叩拜过山神
脑瓜皮
还残留一道道血印
挖参人
就此走进了大山
连同生命
都交给了茫茫大森林

“拉背”的
麻绳子一扣一扣刹紧
手中木棍儿

多像淬过火的钢筋
一字排开朝前走呀
参把头
就是“参帮”的灵魂
“边棍”“腰棍”还有“端锅”
……
“大山货”
早变成了梦想之神

东北虎
悄然凝望
七步蛇
吸溜吸溜吐着毒信
黑瞎子
也给弄惊呆了
老林子
从未见过
这么敢赌命的人

蹚过扎骨头溪水
走向了荒芜莽榛
越过鬼石砬子
扯碎了闪电乌云

目光
在野草中寻找
嗓子眼儿
不敢发出一丝声音
遇到凶险敲大树哟
嗒嗒嗒声响
震撼着大山和人的灵魂

地窨子
装载着“参帮”夜晚
柈子火
闪闪烁烁映照星辰
当挖参人
呼噜声隆隆响起
梦中“棒槌”呀
早已化作人生的黄金

酱　缸

那是
篱笆院儿最向阳的地方
牵牛花
缠绕出缕缕清香
老黄狗
耷拉舌头静静凝望
守候着
紫釉子麻沿的土酱缸

酱缸里
装载着金灿灿生命能量
每一星豆瓣

都飘散五谷芳香
庄户人
最喜欢小葱蘸大酱
香喷喷味道
连接关东山生命天堂
一日三餐
凭借酱碗来抵挡
一年四季
唯有酱香润心肠
庄稼院
从不讲究七个碟子八个碗
有大酱的岁月
生活味道更绵长

抹一口酱
嗓子眼儿里就清爽
抹两口酱
心窝窝里边都敞亮
抹三口酱
鬼打墙关口都敢闯
……
抹十口酱
身子骨能长出钢脊梁

庄户人
性命是从泥土里生
关东人
血性是在风雪中长
只要是
坚硬的酱缸做支撑
关东山啊
火辣辣生命永远有太阳

树　根

一生
不曾见到阳光
永远习惯于
在黑暗中默默生长
泥土成了
她生命的上帝
竟用全部身躯
托起了参天大树的重量

树干挺拔了
摆出一副栋梁模样
树枝摇曳着

引来鸟儿歌唱
树叶子哗哗作响
多害怕被人遗忘
就连树冠的蜂窝
也自诩空中的风凉

泥土中的根
从不顾及自身形象
哪怕
被挤压得七扭八歪
露出狰狞模样……
可为了养育树木
眼泪
宁肯化作枝叶的血浆

纵然
有一天树木伐走了
留下一片悲戚荒凉
她依旧会坚守在那里
为树木
为森林
在泥土中做着最后梦想

鳇 鱼

一个部落屯扎这里
只是因为
这条汹涌的水域
那金子一样波涛
雕琢出一种
比金子还珍贵的鳇鱼
于是
圣旨下来了
这里竟变成了皇家圣地

捕捞它
多少渔夫葬身江底

无情的江水一路向东
绽放出
一层一层血色涟漪
悲苦的亡灵
早已默默无语
鳇鱼掀起的波涛
制造了
人间最凄切的别离

运送它
多少贡车历经了生死
风雪贡道
洒满了关东人的血滴
哪里还数得清
一千里还是两千里
朝贡者一路下来
脊背早已变得弯曲

贡奉它
一个王朝
开始用膝盖来站立
虔诚的目光
承载古老的图腾
装扮了皇家盛大典仪

只因为鱼的颜色
得到了皇帝的赞许
所以才用鱼的金黄
去包裹整个帝国的梦呓

鳇鱼
原本是一种水中动物
却为何
演绎着人间万千传奇
其实它们的
每一次生死
都折射了
关东江水无边的悲戚

一步跨

鸭绿江
奔涌到虎山脚下
汹涌的波涛
演变成一条窄窄轻纱
于是
这里诞生了奇妙景观
那便是——
闻名天下的“一步跨”

一步
连缀着两国山水
一步
蕴含着两种文化

一步
只有60公分的距离
一步
可将万水千山融化
一步
丈量着几百年历史
一步
以流水的方式
将高山的嘱托记下

如今
这深情的流水
依旧流淌着美好的云霞
云霞映照的岸边
依旧流传着古老神话

当你面对虎山
面对石崖
面对流水
面对天下
你心中
关于人类命运的考量
“一步跨”仨字
才是最有人性深度的解答

抓蝈蝈

天上真的下火了
大草甸子晒得滚热
抓蝈蝈的孩子娃
汗珠子
一串一串挂满前额

脚后跟
泥嘎巴儿刚刚脱落
光脚丫
一点一点步入草棵
农家娃
日月好凄惶哟

抓蝈蝈
演变成生命最大快乐

“草乖子”叫声
唯唯诺诺
铁蝈蝈叫声
大开大合
豆蝈蝈叫声
细声细语
火蝈蝈叫声
一波三折

扑过去了
扑倒绿茵茵野草
双手捂住
须子摆动的蝈蝈
再一看
隐隐作痛的膝盖
已被
刀尖一样草茬子划破

哪顾得上这些
抓到蝈蝈
才是夏天最大收获

哪怕
从头到脚扒层皮哟
小小昆虫
竟创造了生命巨大喜悦

抓蝈蝈
故乡童年歌谣
关东生命特色
哪怕你走过千山万水
走到了黄昏日落
只要再听到蝈蝈鸣叫
那份遥远乡愁哟
依然比
陈年老酒还醇香、浓烈

嚼甜儿

玉米秆儿
直挺挺泛着青涩
细箧儿条
小刀子一样闪烁光泽
关东山孩子嚼甜秆儿
一口下去
就将苦巴巴岁月撕裂

咔嚓咔嚓
嚼着阳光赐予的甘甜
咔嚓咔嚓
品咂泥土分泌的喜悦

哪怕
嘴丫子划出了鲜血
那也是
大自然制造的无边快乐

咀嚼中
尝到了
老玉米的精魂
吸收了
黑土地的魂魄
领略了
关东山的风雨
看到了
老父亲汗水发光的颜色

没有咀嚼
怎能感知大地的施舍
没有咀嚼
哪能体味生命的苦涩
没有咀嚼
怎能知晓血汗的味道
没有咀嚼
哪能品赏辛劳的收获

嚼甜儿
在生命苦涩的季节
却嚼出
一段甜丝丝的岁月
只要有
老玉米味道做支撑
关东人从小
就痴迷这黑土的世界

井里蛤蟆

一出生就在井下
谙熟
老井的每一朵浪花
时而向上瞥过一眼
圆溜溜井口
似乎只有铜钱大

不曾见到晨曦日出
也没看过夕阳晚霞
偶尔飘来几颗星星
还会牵动
一弯金色月牙

有时落进了
鸡毛、草梗、树叶
有时落进了
一只断腿蚂蚱……
于是
她觉得拥有了一切
整个世界都到了井下

某一日
山洪暴发了
她从
井下漂到了天下
能看到了日月星辰
和海角天涯
……
可故乡那口沉甸甸老井
一直藏在心中
从不肯轻易丢下

探究生命原因
她常常泪水满眼
却从不作答

飞　蛾

既然是
漫漫无边的黑夜
天地间
哪还有半点光泽
就连闪闪发光的泉水
流淌的都是如墨夜色

苍鹰歇息了
在悬崖处温暖着巢穴
海燕收起羽翼
和大海做着最后诀别
只有你——飞蛾
却不知什么叫胆怯

还像白昼一样飞动
在夜色中撞撞跌跌
飞向哪里
寻求什么
恐怕你自己
都无法说得确切

只有当
天边燃起野火的时候
你的生命
才像利箭一样迅捷
明明知道
那里有熊熊烈火
明明知道
翅膀会被火焰撕裂
可是为了点燃光明
宁愿自己灰飞烟灭

当清晨来临
太阳为光明做着注解
花丛中
早不见了你的身影
见到的
却是翩翩起舞的蝴蝶

蝈蝈笼子

秫秸扒皮儿
裸露出绒嘟嘟白碴儿
细篾儿条
左一道右一道穿插
笼子形状
多像一座尖尖宝塔
缝隙处插着
挂露珠儿的倭瓜花

蝈蝈笼子
窗棂上悬挂
秫秸气息

侵染着活鲜鲜窗花
庄户人
伏天听不到蝈蝈叫哟
老觉着
人生的夏天缺少了点啥

小小昆虫
传递着天地情话
蝈、蝈、蝈的鸣叫
抚平了
岁月风雨的伤疤
蝈蝈叫声
从来不掺一丝虚假
好似干净的风儿
吹开了庄户人
满是尘土皱巴巴的脸颊

叫声里
豆角秧
甩蔓儿分杈
高粱秆
扬起红通通云霞
老玉米
窜出鲜亮亮红缨

向日葵
盛开着金灿灿黄花

蝈蝈笼啊
一部
关东山田园童话
收藏着
老东北田野落霞
只要听到了蝈蝈鸣叫
我眼前
就浮现出
甜美醉人的风情画

下五道儿

一边放着草梗
一边摆着稻壳
五道细细的土印儿
交错成
一个袖珍王国
耪地歇气儿的农夫
地头上
开始了一场厮杀争夺

你突进，他退缩
你出击，他闪躲
……

来来往往的争斗
血丝糊啦的拼搏
草梗、稻壳做成的棋子
翻卷起
一团团硝烟烽火

草梗
争的是什么
稻壳
斗的是什么
苦巴苦业庄稼汉
没个乐趣
还怎么过活
累死累活的日子呀
夹缝中
总得寻求一点快乐

围观的汉子
个个眼睛蓄着烈火
借助
五道干巴巴土印儿
宣泄着心中的寂寞
万般悲苦的人生
在博弈中

获得了一次次解脱

走五道儿
走过多少凄惶岁月
每一步
都是对苦难的一次打磨
虽然挪动的
只是稻壳、草梗
疏通的
却是关东人命运的长河

遛土豆

四齿子
吭哧吭哧土中寻求
白毛汗
脸颊上冲出道道泥流
关东女人
苦巴巴望着田垄
多渴望
有几分秋的残留

身边是
空旷的麻袋
身后是

饥饿的老狗
田埂上
那几棵枯瘦的稗草
正一弯一弯点头
仿佛述说
灾荒年景的缕缕忧愁

明明知道
土地里啥也没有
可没有
似乎蕴含着更大引诱
每一次开掘的幻灭
竟反转成
下一次掘进的理由
只要是
见到了活鲜鲜泥土
饥饿目光
霎时就写满期盼、祈求

一下一下
刨弯了月牙
一下一下
刨亮了星斗
哪怕偶尔

刨出了半个白薯
都等于
心灵上一次巨大丰收

四齿子
早已磨光了铁锈
重皮泡
还有点点血滴在流
关东妇女
遥望着无边饥荒
心中梦想
依旧藏匿在泥土里头

饭包儿

只要白菜叶儿
摆上庄稼院餐桌
立马
就变得水灵鲜活
再有
小葱、大酱相陪伴
……
一下子
舌尖就变得有声有色

关东山的饭包儿
多像大山一样爽阔
五谷杂粮

人间烟火
粗声大嗓
脊梁胳膊
仅仅一片硕大的菜叶
竟能将
粗犷的山水全然囊括

关东山的饭包儿
又像小溪一样清澈
嫩嫩的香菜
青翠的葱叶
女人的微笑
村姑的羞涩
仅仅一片菜叶的映衬
竟比一万个
贫血的秋天还丰硕
……

饭包儿
黑土地的精魂
老东北的本色
只要你吃上一口
定然能长出
关东山连接地气的魂魄

碾　道

世界上最长的道
是碾道
驴子走了一生
从小到老
直到眼眉上
都长出了白毛
还不曾看见
前方的目标

世界上最硬的道
是碾道
驴子坚硬的铁掌

一次次磨秃磨薄
直到那颗硕大的
马掌钉被磨成尖刀

世界上味道最全的道
是碾道
有汗味儿
有泪味儿
有血味儿
其中还混杂着
几丝尿臊

碾道，碾道
其实是驴子
用自己的一生
诠释生活的味道

割　地

秸秆儿
挂着白嫩嫩秋霜
一把抓上去
就是一阵煞骨寒凉
镰刀
贴着地皮儿搂过去
刺啦一声——
刀尖上
就挑起一轮冒红的太阳

汗珠子
落在地上了

砸着秋叶嗒嗒作响
手掌子
血泡磨碎了
染红了田埂豆角秧
割地
如同刮骨头呀
每一刀下去
骨缝中酸痛撕扯着脊梁

割黄豆
尖溜溜豆荚扎手掌
割苞米
亮闪闪秋叶如锋芒
割高粱
不死也得扒层皮呀
割谷子
流出来的汗珠泛白霜
……

庄户人
哪怕累成了一摊泥呀
心窝里
也是越累越敞亮
一春八夏忙个啥哟

孝敬大地
如同孝敬爹和娘

割地
田垄上的竞技场
关东人
用血汗把秋天来收藏
镰刀刃
写满了生命苦与梦
五谷中
珍藏着人生金太阳

东　珠

坚硬北风
冷飕飕刺骨
带着冰碴儿的江水
扎得人骨头节发木
老东北采珠人
只有搁上几口小烧
才敢光着身子
扎进激流深处

鼻孔的苇管儿
喘息着命运的凄楚
冻僵的身子

在江底一寸寸匍匐
激流
像一条条凛冽鞭子
泥中蛤喇
用坚硬藏匿着人间祸福

有了东珠
生活才有了光亮
没了东珠
岁月竟变成了猛虎
采珠人性命
只能在水下挣扎
每一朵浪花
似乎都来自死亡之谷

倏忽间
蛤喇的病痛
竟成了皇家宝物
小小的东珠
却照亮了
大清帝国的皇天后土

东珠
多像一只含泪的眼目

它凝眸过
凄切的江水
也注视过
皇宫的每一寸肌肤
每每回望老关东的苍凉
我禁不住
又一次拭泪恸哭

打袼褙儿

麦子面儿
熬成的糨糊
竟有着
老木胶一样黏度
匀匀称称涂上木板
碎铺衬
开始一块一块粘补

有红，有绿
有细，有粗
布边儿挨着布边儿
纹路对着纹路

哪怕
邮票一样大的铺衬
都能粘出
人生的万千维度
关东女人啊
用一手的柔情
一丝一丝
粘贴着岁月的贫寒、幸福

柔软的秋风
吹落卡针的尘土
炽热的秋阳
给碎布添加了强度
当袼褙儿刺啦一声
从木板上揭扯下来
那硬朗的品格
竟像钢板一样坚固

做成了鞋帮
抵挡着冰霜风寒
纳成了鞋底儿
打磨着岁月疾苦
缝成了鞋垫
阻隔着生命寒凉

做成了帽檐
遮挡着命运酷暑

关东山袼褙儿
多像生命的筋骨
每一块每一张
都贮藏着人性温度
当我回望岁月
常常泪水满目
仿佛又看到了
大地母亲描摹的生命图谱

编席子

从第一劈儿
苇篾子起头
就沿着
“人字”纹路行走
哪怕苇席子
编得天那么大
丢掉了“人字”
就丢掉了编席人生命的操守

苇篾子
手中跳跃
似浪花

在指间游走
关东人编席子呀
用苇篾子一扣一扣
缝补着命运残破的缺口

花纹里
编进了柴米油盐
纹理间
揉进了月牙星斗
锁边儿
锁住了岁月贫寒
窝角儿
窝出了生命坚守
一领苇席
就是一块天呐
补天人
就是关东人粗粗拉拉的双手

尽管苇子叶片
磨破了衣袖
尽管篾子毛刺儿
划出了伤口
崭新的炕席花儿
就是生活的血肉

一朵一朵
连缀着关东人硬邦邦的骨头

编席子
编走了
多少沧桑岁月
磨薄了
多少白云苍狗
看一看苇篾子
编织的干净世界
浸透了多少
关东人的生命热血和祈求

布老虎

里面
装满草屑谷糠
外面
做成老虎模样
红艳艳花布缝缀起来
于是
就诞生了百兽之王

没有丛林
没有山岗
人间的烟火中
依然有着威严力量

无论陈设茅屋
还是供奉庙堂
猫猫狗狗见了
都是一副乖巧模样

时间久了
岁月渐渐泛黄
某一日
虎皮忽然破损了
散落出的
依旧是草屑谷糠

跳　神

太平鼓
敲打得夜色沉重
铁腰铃
（哗楞哗楞）
舞动得土屋生风
赤脚
从烧红铁链上跑过
脚底板
发出嘶啦嘶啦响声

一边
连缀了人间烟火

一边
通向了地下神灵
在人与神的交界处
仅靠一条舌头
进行着人、神、鬼的沟通

病恹恹女人
“堆碎”在炕角
一丝丝贫血皮肉
拼凑出一脸苦痛的表情
喉咙里
发出煎熬呻吟
震落了
窗外发抖的寒星
炕头老黄猫
眨动着惊恐双眼
“狐黄”二仙请来了
怎么看不见一丝身形
伴着香烟袅袅升起
堂子下
竟传来银子磕碰的响声

大神疲倦了
二神眼珠子泛红

瞅一瞅
炕桌上酒菜
暗自盘算
一个晚上的收成

土炕上
挣扎着悲苦生命
马蹄针
将愚昧和罪恶刺进了人中
当鼓声敲落天边残月
迎来的
却是一个泪水淋湿的黎明

跳神
多像生命中的陷阱
悲苦人
竟把它当成命运井绳
神调里
唱出的哪里是福音啊
那是跳神者
荒诞、悲催、丑陋的哀鸣

悠　车

老线麻
搓成的绳索
拴系着
疙瘩杨梁柁
忽悠忽悠荡漾中
一个婴儿连同梦想
都被装进了悠车

尿褯子
散发着尿骚味灼热
草口袋
承载着黑土地嘱托

麻花被
雪花一样的柔软
摇篮曲
才是关东女人醉心的歌

荡漾中
不但看到了
呼呼转动的石磨
还有老爷爷
爆着火星的烟锅
不但听到了
花轱辘车
咯吱咯吱碾轧的积雪
还有
轰轰隆隆奔涌的江河

小小悠车
装满了关东山的温热
铭记下了
老辈人几百年的嘱托
每一次荡起
都雕刻下了遥远岁月
每一次荡起
都奏响了命运欢歌

悠车中
渐渐长大了你和我
悠车里
也长大了冰天雪地的北国

放秋垄

天上
挂着毒花花日头
地上
一丝风儿都没有
莽莽苍苍的青纱帐
关东汉子用锄板
向大地苍天在祈求

高粱秆儿
密匝匝风雨不透
高粱叶儿
像一柄刀片

擦着皮肤在游走
只要身子有了刮碰
刺啦一下
便是一道血淋淋伤口

汗珠子
脸上滚成了泥流
滴滴答答
砸向了垄台垄沟
高粱地如同热蒸笼
痛快喘口气儿
都是一次
奢侈的生命享受

一锄头下去
铲除一棵青草
两锄头下去
掀翻垄台石头
三锄头下去
等于向苍天叩拜
四锄头下去
如同把命运抵押给田畴

放秋垄

苦痛的生命劳作
魔鬼般的命运炼厉
庄户人
泼洒下多少血和汗
为的是
生命田垄的一种神圣坚守

虎山长城

这里的大山
竟如此威猛
以老虎的雄姿
托起一条铅灰色长城
知道吗
这里才是万里长城最东端
奔涌的鸭绿江水
用五百年的波涛
证实了虎山石头的真诚

明代青砖
传递历史的回响

大清夕阳
将尘封的衰草染红
如今
哪里还见得到金戈铁马
只有沧桑老树
摇动着远古风声

长城
早已成了人类奇迹
每一块青砖
都袒露着岁月的赤诚
当凉爽的夏风
徐徐从垛口穿过
我眼前不知为何
却飘卷过烽烟状的云影
其实人世间
只要还有豺狼走动
人的心中
就要有一条虎山长城

渔把头

用渔网打捞月亮
渔把头
熬去了一生时光
面对空荡荡的渔网
脸颊似乎
比渔网还沧桑
江水在
脚下悠悠流淌
月亮却依稀在天上

这的确是个梦想
渔把头却从不失望

每当渔网从水中扯出
他眼角总能
闪出一片柔柔月光

某一日渔网破碎了
破碎的渔网
还怎么捞起月亮
渔把头第一次绝望了
用眼泪
在江水上雕刻凄凉

无奈
他缓缓掬起一捧江水
试图洗濯心中忧伤
江水
在手中微弱荡漾
奇妙的是
却漂起一轮含泪月亮

窗户纸

窗棂上
米字花儿木格
浸透了
老桐油亮色
细密的线麻劈儿
演变为
窗户纸坚韧的脉络
一旦你糊上了窗棂
立马就变成
捆绑冬天的绳索

冒烟雪扑来了
天地改变了颜色

老北风刮来了
连大山大河都哆嗦
只有你
一张薄薄的窗户纸
用一脸的庄严
给了冰天雪地一点颜色

尽管是纸的表情
却有着骨头的魂魄
虽然本性是柔软
竟有着石头一样品格
当“鬼呲牙”的严寒来临
你的每一个毛孔
都绽放着生命灼热

老东北的温暖
多亏了窗户纸的包裹
每一扇窗户后边
都是一个命运抗争的世界

白毛风会记得
腊月雪会记得
窗户纸生命的韧性
正是
老辈子关东人命运的底色

烟筐箩

被风雪
拥进门的身子还没落座
冻僵的牙棒骨
哒哒哒还打着哆嗦
刺啦一下
主人推过烟筐箩
来，抽着！
一口“蛤蟆头”下去
骨头缝就变得温热

劳顿的身子
非常虚弱

拉不开栓的双腿
像绑上沉甸甸秤砣
刺啦一下
主人推过烟笸箩
来，抽着！
一口“蛤蟆头”下去
疲惫躯体像打开枷锁

眼珠子
喷射着烈火
愤怒的牙齿
恨不得将嘴唇咬破
刺啦一下
主人推过烟笸箩
来，抽着！
一口“蛤蟆头”下去
心中怒火瞬间削弱

烟笸箩
一个老朽丑陋的纸盒
珍藏着
热辣辣人间烟火
卷成的旱烟
包裹了世事真情

抽上一口
传递出生命灼热
黑土地
有了烟笸箩做支撑
关东人
哪有什么趟不过的河

熬　鹰

一根麻绳
剥夺了万里长空
漫漫长夜
照亮了疲惫眼睛
饥饿
才是生命的陷阱
一指小小的肉片
竟成了屈辱的门铃

夜晚过去了
才失去野性
诱饵不见了

才不再凶猛
当“鹰把式”
嘴角露出一丝微笑
麻绳里
才诞生一个崭新的生命

搓麻绳老人

把星星
搓进了麻绳
把月牙
搓进了麻绳
把苦与痛
搓进了麻绳
把褶褶巴巴的岁月
搓进了麻绳
把临终那口气儿
也搓进了麻绳

麻屋子宁静了

麻油灯宁静了
只有柔软的麻劈儿
似乎流淌着静静的哭声
搓麻绳的手
不能再动了
搓麻绳的身子
已经凉成了一块冰
唯有合拢不严的双眼
还在述说明天的梦……

天边
还挂着含泪残月
空中
飞舞着多情苍蝇
只有村头
黄土含着情分
用孤坟
装载了老人悲苦一生

春天了
坟头又长出
绿绿苘麻叶
澎湃着春的热情
于是村里人

开始惶惑了
莫非
老人家
在那边又搓起了麻绳

野　草

哪怕初春
刚露出一丝笑靥
青草马上
就用绿叶来衔接
一片、两片、三片……
恨不得
用绿色包装整个季节

到了七月
你的热情比酷暑还热烈
绿满了山谷
绿满了原野
绿满了田埂

绿满了沟穴
为了讨好夏天
甚至连荒凉坟茔
都长出殷勤的绿叶

鸿雁南飞了
秋风变得寒凉冷冽
野草随之
叶变黄了
梗变黄了
根变黄了
……
企图用遍地黄金
来收买秋的世界

可怜的野草啊
为何这般苟且
能不能直起腰来
身子不再倾斜
即使叶片枯干了
也要枯干出一点气节
用生命的本真
去迎接
漫长冬天的风雪

敖　包

你放上颗石头
他放上颗石头
我放上颗石头
日子久了
草原上
就生长出一座山丘

苍狼发出问候
白鹿发出问候
云鹰发出问候
日子久了
石头也能发出问候

大草原太辽阔了
人们
总害怕把灵魂弄丢
于是就将它珍藏这里
为的是
不被风雪吹走

牧羊人
无论怎样孤独
遇见你
就是遇见朋友

草原
马背民族的海洋
敖包
是他们灵魂夜晚的星斗

腌酸菜

大白菜
去掉硬撅撅老帮儿
根根叶叶
收拾得干净清爽
在翻花的
热水里烫一烫
连同梦幻
一下子装进了
紫釉麻边的酸菜缸

压缸石头
长出绿茸茸菌毛

水面冒泡儿
泛起层层白霜
当腊月雪花
哆哆嗦嗦飘落
打开缸
那便是一片秋天的金黄

切成丝
熬成汤
包饺子
炖血肠
关东山的杀猪菜哟
油渍麻花打鼻子香

鱼把头吃了它
冰天雪地打红网
老铁匠吃了它
腰杆子骨头变成钢
庄户人吃了它
年年种地有收成
放山人吃了它
还在乎什么
千里大雪万里霜

酸菜味道

蕴含关东冰和雪

酸菜筋脉

连缀东北人硬脊梁

吃着酸菜人不酸哟

憨实肩膀

才是关东大地承重墙

黏豆包

野蒿子火
刺啦刺啦燃烧
烟火气
丝丝缕缕缠绕房箔（bao）
刺啦一下
打开两扇木锅盖
猝然间
蒸出一锅金灿灿的黏豆包

弯弯曲曲蒸气
烘托起一片欢笑
香喷喷滋味

熏弯了一道道眉毛
庄户人
进了腊月就淘米呀
黏豆包
成了老东北过年风向标

石碾子
碾出了生活辛劳
热炕头
发酵着人生味道
红豆馅
闪烁着命运光泽
苞米叶
把黑土地精魂全部承包

狩猎人吃了它
枪砂子出膛有劲道
鱼把头吃了它
拽起了网纲脚不飘
老木把吃了它
伐木头都是“顺山倒”
打铁人吃了它
抡大锤从来不塌腰

黏豆包
老东北的好“嚼咕”
黑土地的无价宝
关东人只要想起它
浑身的
汗毛孔都会发热、燃烧

清　口

寒冷
把江面冻成了石头
那份坚硬
冰镩子都难以凿透
唯有冰下
小刀子一样的流水
唰啦啦啦
硬是将冬天划出了伤口

流水
裸露出来了
像男性

臂膀隆起的肌肉
那一层一层
金属般的波浪
向冻僵的世界
发出撕裂般低吼

雪鸟飞来了
找到了生命的码头
喝一口
来自远山的流水
滋润一下
被冰雪封堵的歌喉
翅膀不再僵硬了
每一个结冰的毛孔
似乎都注满飞溅的激流

草鱼游来了
终于找到冬天的窗口
哪怕在此
朝上只瞭望一眼
这一眼
也绝不辜负云缝中的星斗

清口

冰雪中的眼睛

那是激流对苍天的凝眸

哪怕寒冷

把一切都变成了坚冰

冰缝中唯有你

依旧

一点一滴把春天等候

靰鞡草

冒烟儿雪
抹平了所有的山坳
老北风
冻哆嗦了每一根汗毛
大雪大风的关东山
靰鞡草
竟成了温暖生命的法宝

绿微微草叶
澎湃着生命血性
软绵绵草茎
饱含着大地味道

木棒的击打
你变得柔软如纱
絮进靰鞡里
便开启了火热生命的通道

顶风淘金的
是靰鞡脚
雪中放山的
是靰鞡脚
追赶狍子的
是靰鞡脚
冰上打网的
是靰鞡脚
……

靰鞡脚
是关东大地的活路标
靰鞡脚
踏出了300年
闯关东的每一条雪道

靰鞡草啊
长在黑黑土地上
却凝结成冰雪世界

最动人的符号
虽然只是柔弱的一缕
却坚挺了
关东人站立的身腰
哪怕再过五百年、一千年
人们只要记起它——
心中依旧
被恒久不变的温暖缠绕

打滑出溜儿

月牙儿
多像一弯金钩
冰面儿
冻僵了哆哆嗦嗦星斗
小北风
刀片一样刮过去
关东山娃子
跳脚撒欢儿打着滑出溜儿

冰道
像亮闪闪刀口
鞋底儿

像涂满了亮亮桐油
每一次滑动
都像一道凌厉闪电
冰雪赐予了
关东人独特的人生感受

像鹰
却比鹰飞得迅疾
像雁
却比雁飞得轻柔
……
双脚
只要在冰上飘飞
生命就获得了
比飞鸟大一千倍的自由

坚冰
经过严寒的练就
每个冰碴
都是一团浓缩的激流
关东人
从小在大冰上站立
恐怕一生
再不会摔什么跟头

滑出溜儿
滑出了
大风大雪的豪情
每一块坚冰
都铭刻黑土地生命的风流

缓冻梨

硬邦邦的冻梨
在瓦盆里
飘散着拔骨头凉气
几瓢凉水倒进来
亮晶晶冰凌
立马将整个冬天托起

过年了
一家人围拢在一块儿
眼巴巴看着
坚冰包裹的冻梨
脸上的笑容

都冻在了冰碴上
每个冻梨
似乎都充满了笑意

老东北过年
全靠冻梨来助力
没有冻梨的三十儿
那还叫什么除夕
当坚冰
咔啦啦被击碎
“花盖梨”密匝匝麻点
竟连缀成
关东山生命的长堤

黑巴溜秋颜色
多像质朴的大地
水汪汪的甘甜
一直流淌到人的心里
一年到头
哪怕只吃上一回
这一回
也能给全部岁月注入甜蜜

缓冻梨

缓热了多少土屋
温暖了多少除夕
憨厚的瓦盆
究竟缓出了什么
是坚冰
是风雨
还是关东人
火辣辣的生命活力

欻嘎拉哈

把动物
骨头用来玩耍
不知你
是否感到惊诧
老东北
几百年的岁月呀
哪家土炕上
不欻着嘎拉哈

坑坑洼洼的骨头
用红色绿色来描画
哗啦啦掷开去
一下子
就把眼前的世界放大

仿佛
能看到草原、河流
还有羊群、骏马

轮儿、背儿
肢儿、坑儿
一块骨头
就是一片草原缩影
一块骨头
就镌刻出一种部落文化

关东山女孩
大风大雪中长大
土炕上的嘎拉哈
那是童年生命的彩霞
坑坑洼洼
藏匿了多少人生梦幻
每一次抛撒
都是一次生命气血的迸发

秫秸炕席
人字纹儿编花
嘎拉哈落在上面
立马就幻化成
关东女儿辽阔的天下

挂　蜡

葫芦瓢
泛着白绒绒霜花
刷帚头
蘸着凉水轻轻淋洒
新鲜猪肉摆在地上
水滴落下
立马结成白亮亮冰碴

这是老东北
最传统的挂蜡
用坚冰
给岁月做着包扎

于是冰雪
变成了生命铠甲
严寒瞬间就把
关东人豪情放大

大风大雪
冻不僵的东北人
腊月天
创造出天地神话
每一个冰凌
都是生命坚硬的缩影
每一粒冰碴
镶嵌着关东山命运的骨架

小清雪
冻的脚后跟发麻
老北风
吹得鼻子眼发辣
刷帚头
轻轻掸出的冰水
那才是老东北
最动情的风俗画

挂蜡

似乎早已
蒙上岁月风沙
可关东人
对冰雪那份情感
就是再过一万年
也绝不会融化

看家老狗

房檐子
倒挂着白亮亮冰溜
冒烟雪
扯天扯地封堵了门口
荒寒的
村庄多沉寂哟
雪壳子里
趴着默默看家的老狗

白雪
覆盖了脊背
雪花儿

遮挡了双眸
寒冷中冷眼看去
那就是一块
纹丝不动的石头

虽然老迈了
一点力气都没有
有时
挣扎站立起来
老胳膊老腿儿
都会瑟瑟发抖
偶尔冲天吼叫一声
声音里
包裹着岁月的衰老与哀愁

毕竟年轻那会儿
也曾有过生命的抖擞
咬死过恶狼
看管过牤牛
看家护院的时候
哪怕一只小小野猫
也休想溜进土屋门口

如今老了

夕阳
照进了每一块骨头
只要
陈年老屋还没有倒塌
哪怕
到了，到了生命最后
它依旧
会像石头一样默默坚守

老笨井

辘轳把
吱扭吱扭摇动
牵引着
粗粗糙糙老线麻井绳
柳罐斗
晃晃悠悠上来了
漂浮着
一颗颗摇摆不定的星星

庄稼院儿老笨井
装载着
全屯子的性命

它用
笸箩一样大的水面儿
映照出
庄户人酸甜苦辣心情

春天
井口长满绒绒青苔
夏天
辘轳上落着花膀蜻蜓
只有冬天
井台变得可怕阴冷
从上到下
竟是一片亮闪闪大冰

小小井台哟
似乎比舞台还隆重
上演着
一场场活蹦乱跳人生
光棍汉挑水
为何老是磨磨蹭蹭
哪承想小小扁担钩哟
竟钩动起一场轰轰烈烈爱情
老羊倌挑水
常常凝望水中星星

然后掰着指头盘算
盘算着羊羔子哪一天出生
……
正月十五晚上
连月亮都感动
看着男女老少井台上打滚儿
用“轱辘冰”方式
祈祷着
全屯子一年到头的安宁

老笨井啊
大地深情的眼睛
辘轳把
用嘶哑动听的歌谣
吱扭吱扭咏叹着
关东人厚道坚韧的生命

葫芦瓢

无论
茅草房怎样荒凉
哪怕房箔上
挂着毛茸茸寒霜
只要水缸盖上
有葫芦瓢摆放
那冰天雪地的岁月
一下子
就飘散出人间热量

无论
土锅台怎样粗犷

泥缝里
还残存着细碎谷糠
只要锅盖上
葫芦瓢散发着热量
那苦巴巴的日月
一下子
就照进暖融融阳光

葫芦瓢
关东人生命的念想
装载着
柴米油盐支撑的梦想
大人、孩子
只要拿起葫芦瓢
多么黯淡的岁月
立马
都会有了光亮

坐月子

脑门子
包裹着破旧围巾
裤脚子
用布条子死死扎紧
关东山
女人坐月子
悠车旁
放着土豁豁泥火盆

房箔上的霜花
薄薄嫩嫩
水缸里的冰碴子

凉得瘆人
坐月子女人好凄惶哟
一碗红糖水
就能温热生命、灵魂

新出生婴儿
襁褓中哭泣
炕沿下的几个娃子
眼巴巴
看着喝糖水的母亲
院子里
一片鸡飞狗跳声
老母猪
咣当咣当拱着房门

哪里，哪里
还能躺得住啊
生命的大山
一下子支撑起柔弱女人
生了娃子
为啥变得这般娇嫩
关东女人的骨头
就是一锤子、一锤子
锻造的钢筋

戴上
狗皮帽子
拎起
烧火棍
……
一个女人
就是一个家族无边的森林
坐月子
何止
铸造了人性坚韧
女人用辽阔的胸怀
开启了
一个个新生命的早晨

打冬网

冰面
冻得嘎嘎作响
太阳几乎
冻成一轮惨白的月亮
身穿老羊皮的打鱼人
用冰镩
在坚冰中寻找梦想

一百多个冰眼
连缀两千米大网
三匹马拉动的绞盘
哪个知晓

拉出的是喜悦还是忧伤

打了红网——
那是苍天的犒赏
打了空网——
那就是命运的荒凉
老东北的打鱼人
最知晓
什么才是坚冰下的信仰

卡钩、走钩
扭矛、抄捞子
……
每一件渔具
都浸透关东风雪
每一次劳作
都梦幻把秋天打捞到冰上

哪怕
身上挂满冰甲
哪怕
淤泥锁住网纲
唯有“烧刀子”搉上几口
整个冰湖

仿佛都燃起生命热量

冬网
打捞了上千个冬天
打鱼人
曾有过上千个梦想
只要
坚冰没有冻透人心
那梦想
就会像岁月一样悠长

杀年猪

顶门杠
挂着白亮亮冰珠
握在手中
老屠户骤然变得冷酷
仰起头
瞥了一眼天上云朵
一闷棍劈下
那畜生的号叫立马刹住

于是——
白刀子进去了
红刀子拽出

灰色瓦盆里
瞬间腾起了血雾
吹气、褪毛
开膛、破肚
……
大铁锅的杀猪菜
热腾腾的
一下子扯开了旧历年序幕

金灿灿酸菜丝
传递着生活热情
白肉血肠
添加了生活浓度
一声猪叫
唤醒了十冬腊月
一户杀猪
全屯子都欢欣鼓舞

油汪汪的嘴唇
绽放着关东人笑意
六十度小烧
烧热了冰雪下的黑土
拆骨肉
吃起来真香啊

一口吃下
八辈子都会记住

杀年猪
关东山隆重的仪式
老东北最解馋的民俗
用生灵
为天、为地、为人
储存着一整年的幸福

老棉裤

草木灰
染黑的土布
棉花片儿
一层一层絮补
粗针大线绗起来哟
诞生了
厚墩墩老东北棉裤

裤脚子扎紧
裤腿子放粗
裤腰子顺势缅过来
一下子

就增添了关东人生命厚度

冒烟雪袭来了
像蝴蝶飞舞
老北风刮来了
刮倒了旷野大树
哪怕三九天
大地冻得七裂八瓣
……
可人们穿了它
那就是一座
热腾腾的生命火炉

老林子狩猎
草甸子放牧
大冰上捕鱼
风雪中赶路
只要穿了它
走在地上的双腿
就能像钢铁一样坚固

关东山的老棉裤
大风大雪中的热土
穿起它

虽然窝窝囊囊
可窝窝囊囊里
却贮藏了
老东北生命的热量、浓度

办　年

冒烟雪
使老天变得凶残
西北风
能把碗口粗的树枝折断
身穿“皮筒子”的关东人
咯吱咯吱
攎着雪壳子去“办年”

心窝里
怀着一家老小心愿
裤腰里
掖着出苦力的分红钱

想一想
一年到头苦和累
哪怕砸碎骨头
也要过一个像样的年

先买
两捆粉条子
又买
二斤大粒盐
蜡烛、年画、花盖梨
黄香、鞭炮、红挂钱
再买几斤“烧刀子”
三十儿晚上
咋的也得解解馋
……
庄户人
忙了一春带八夏呀
拼死拼活就为个年

雪粒子
打肿了冻僵的脸
冰渣渣
胡茬子上冻结了一大片
办年货的庄户人

就是冻死在路上
也要对得住
三百六十五天才熬成的年

办年
庄户人的一张脸
宁可
遭受怎样的煎熬
也不能
丢了老东北过年的尊严

大碴粥

煮了
三个开儿之后
才见到
老玉米的温柔
半锅水熬下去了
才见到
煮开花的芸豆
关东山的大碴粥啊
每瓢米汤
都荡漾着关东人的憨厚

石碾子碾磨

磨不碎玉米精魂
井拔凉水浸泡
泡不软玉米骨头
当木柈子火
呼啦呼啦燃烧起来
火光中
你才能读懂大碴子飘香的理由

黑土地的味道
像一杯陈年老酒
春雨秋霜的滋味
都在米汤里停留
……

饥饿时喝一碗
肠胃里“如作”好受
懦弱时喝一碗
肩膀子立马长出骨头
十冬腊月喝一碗
剔除了骨缝儿里寒凉
离乡人喝一碗
就会想到
家乡土炕、爹娘、和那热乎燎的
炕头

老东北的大碴粥
关东山
热气腾腾的生命暖流
只要
黑土地颜色不变
只要
老铁锅不被烧漏
就是再喝三千年
哪个敢说
能喝腻喝够

蒙眼儿

一块普通的麻布
沾满了谷糠尘土
主人将它
蒙在驴子脸上
为的是
把发亮的目光遮住

走吧，伙计
走好脚下每一步
伙计，走吧
身旁磨盘仿佛在哭

绳套绷紧了
磨杆拉直了
汗水出来了
腰腿发酸了

原以为
走过万水千山
能看见大海日出
哪知道
腿脚还在这里转圈
至今都没走出
这昏暗的磨屋

蒙眼儿——麻布
挡住的岂止是眼睛
是它将你的世界
全部遮住

啊
面对这块
小小蒙眼儿
你和世界真的想哭

泥火盆

冒烟儿雪
封堵了房门
老北风
把白昼刮成黄昏
小河的冰面冻裂了
温暖天地的
唯有滚烫的泥火盆

柴草灰
崩闪出红亮火星
木炭灰
把火焰转化成温存

温热的
何止是冰凉手脚
还有被冰雪
冻得发麻的灵魂
驱散的
不只是骨缝里寒冷
还有
心尖上那抹阴暗残云

烧土豆味道
芳香着遥远记忆
火盆边的故事
照亮了多少暗夜星辰
柴草灰
珍藏着不息火种
有火种的地方
插根木棍儿
都能长出生命的森林

一个火盆
装载了一部温暖关东史
每捧小灰
每块炭火
都点燃着黑土地发烫的灵魂

火　炕

土坯垒砌的
土炕
样子简陋、憨厚、粗犷
当大风大雪的
寒冬来临
火炕便成了
温暖生命的天堂

一捆柴草
能燃起熊熊火焰
黑黑炕洞
也会升起人间太阳

所有热量
都靠泥土来传递
滚热的炕席
能把“人”字花纹烙上脊梁

温热的何止
是生命的躯体
还有骨头缝中
灵魂深处
那份深藏的寒凉
睡过火炕的躯体
永远带有泥土热量
哪怕就是活上一百年
那份热量
也会在你骨髓里珍藏

火炕
承载了多少初心梦想
哪怕后来天地有多大
也不过是——
土坯炕的放大延长

熥猪油

老铁锅
发着吱啦吱啦声响
泥土屋
飘散着打鼻子肉香
灶台旁
关东女人熥猪油
锅底的油吱啦儿
抽抽巴巴泛着金黄

孩子娃
手扒门框细凝望
嘴角的涎水

呲溜呲溜在延长
油吱啦儿
哪怕吃上一丁点儿
舌尖上
都能升起金太阳

飘香铁锅
装载了多少穷苦梦想
油坛子
把一年的油水贮藏
每个油珠
都珍藏着生命能量
每一朵油花
都滋润着庄户人心肠

没了油水
劳作咋能有力量
没了油水
日子哪能不凄惶
有了油水
生活才会有光亮
有了油水
身子骨才会长出硬脊梁

毕毕剥剥
木柈子火越烧越旺
油渍麻花的女人
用汗水照亮了灶膛
吱啦吱啦
老铁锅发出美妙音响
油坛子
才是关东人生命的承重墙

刨粪堆

老北风
小刀子一样擦着皮肉
白毛霜
丝丝缕缕结成冰溜
关东汉子刨粪堆
沉重大镐
多像在大地上拜叩

粪渣子
凉冰冰崩进嘴角
木镐把
硬邦邦震开了滴血虎口

望着大山一样粪堆
庄户人有一个
比大山还高耸的祈求

头一镐
托付给刚入土的高粱
第二镐
拜托给了圆滚滚的大豆
第三镐
是对春天憨实嘱托
第四镐
是和秋天一次深情握手

刨粪
为的是种好庄稼哟
可庄稼里面
珍藏着一轮人生日头
每一镐下去
哪里刨的是粪堆
那是关东人用镐头
给自己的命运加油

镐头刨下去了
大地会颤抖

汗水流出来了
苍天从不回扣
关东人
这么一镐一镐刨下去
沉甸甸镐头
暗含着对生存的朴素坚守

铁锅炖

红通通的
木柈子火
烧烤着
黑亮亮铁锅
大团大团的水蒸气
熏湿了房箔、梁柁
关东人围坐在一起
最知晓
铁锅炖的精魂是什么

里面不只——
有土鸡

有笨鹅
有杂鱼
有草蘑
……
还有关东山的筋骨
黑土地上的江河

吃了它何止
肠胃热
心窝热
肝胆热
血气热
……
甚至浑身的每个
毛孔都在悄悄冒火

透明的汗珠子
挂上前额
六十度的大碗酒
敞开怀喝
关东人吃着铁锅炖
哪会忘记
康熙抗击沙俄的传说
那穿越历史的炉火

仿佛依旧
熔炼着今人的骨骼

铁锅炖
炖热了
三百年天地岁月
铁锅炖
炖热了
关东山生命魂魄
当我再一次
面对那滚烫的铁锅
依旧会想到
关东人那烈火一样的品格

祭 湖

靰鞡脚
跳起查玛舞
手闷子
捧起酒葫芦
身穿“皮筒子”的鱼把头
跪在冰上
用心灵祈求幸福

脑袋磕在冰面上
咕咚咕咚像撞击鼙鼓
袅袅升起的香烟
那是灵魂虔诚的倾诉

苦巴苦业的打鱼人
恨不得
扒出心来祭拜冰湖

严寒
已经冷得煞骨
冰雪给湖水
拉上厚厚帷幕
关东山的打鱼人
一切梦想
似乎都在坚冰下存储

冰镩子
打磨得闪闪发光
冬网
早已经补了又补
面对
石头一样的坚冰
沉闷的叩头声
仿佛要击碎
整个严冬的束缚

呵！呵！呵！
粗哑的祭拜声

来自苍茫的远古
经过
鱼把头喉咙的打磨
所有音节
都散发烈火一样热度
每一声呼喊
关东山都会战栗
每一声呼唤
大风大雪将被征服

祭湖
是一次人间祈福
更是一次生命救赎
它引爆的
不是冰镩凿向冰面
而是一场
关东人与命运
不管不顾的角逐

大车店

狗皮帽子
落满了厚厚尘土
靰鞡脚
冻得硬邦邦发木
跑长途的车把式
到了这里
才算找到了温暖归宿

“蛤蟆头”烟味儿
空中弥漫
馕洞子草灰
把炕墙子烤煳

车把式们
热炕头上聚到一起
土豁豁感情
立马就提升了温度

点上一盘蘸酱菜
要了一碗炖豆腐
外带一盘酸菜粉
再来一盘炒蘑菇
……
大碗酒
咔、咔、咔、咔撞一起
吱溜溜一声
喝出了一片喜悦、幸福

岁月的无边快乐
心中的忧伤愁苦
命运的颠颠簸簸
人生的起起伏伏
……
话匣子一旦打开了
掏心窝子话
哪还会有半点存储

夜深了
星星眨动着眼睛
南北炕
响起一片呼噜
若问
赶车汉子梦见什么
或许热炕席
又给明天梦幻做了填补

大车店啊
关东山的生活图谱
每一朵炕席花
都是一份鲜活生命的记录

谷草垛

谷草经过
石头滚子碾轧打磨
那份绵软
就像轻纱一样柔弱
垛在了
大风大雪的冬天
黄灿灿的
闪烁金子一般光泽

老东北冬天太冷了
把三尺厚的
坚冰都能冻裂

碗口粗的
树干也会咔嚓一下冻折
相爱的后生
哪里去幽会哟
贫瘠中的爱情
正遭受冰天雪地的折磨

谷草的味道
裹挟着人性气息
谷草的温暖
像早春点燃的野火
当呼啸的北风
试图冻僵人类的情感
勇敢的年轻人哟
竟把谷草垛
当成了温暖爱情的世界

管他什么老北风
还是什么冒烟雪
哪怕
鬼呲牙的寒冷
把暴露在外的手臂冻裂
汹涌的爱情
凭借的就是一腔热血

多情的草垛
竟照亮了无边荒凉的岁月
……

如今老了——
老成了奶奶、爷爷
走起路来
颤颤巍巍、趔趔趄趄
每每看着
金灿灿的谷草
褶巴巴眼角
就会涌出甜中带苦的泪液

搂　草

破补丁缝缀的肩头
拉扯
整个草甸子在行走
刀尖一样草茬子
擦过老北风
打旋儿的怒吼
那副秫秸
扎成的笣帘子
已装满
柴草般岁月的忧愁

披碱草、星星草

隐花草、狗尾草……
筢齿上诉说草的遭遇
搂草人
用草一样命运默默行走

野草长到哪里
哪里就是生命边缘
筢齿搂上来的
都是汗水凝成冰霜的感受

残冬的白天真短哟
大筢
已将月亮拽进村口
看着山包一样草堆
干草味道
真的像陈年老酒

搂草
为的是点燃泥土灶膛
燃起的却是
农家对温暖的那份坚守

推牌九

草帘子
遮挡住窗口
缝隙处
用破棉花补救
这严严实实的遮掩
为的是
不让一丝光亮泄漏

蛤蟆烟弥漫的空间
翻动着
哗啦哗啦作响的牌九
几张昏昏暗暗面孔

仿佛长满
失去光泽的铁锈
带着血丝的目光
紧紧跟随
“三钻”“六套”在游走

一个冻梨蛋子
就能换回一块光洋
一捧铜钱
只能买下半碗老酒
赌场多像一个魔窟
赌徒就是几条疯狗

孩子押上了
不够
房子押上了
不够
老婆押上了
还不够
押到了最后
竟挥起菜刀
要押上自己的双手

灵魂彻底蒸发了

欲望在
滴血刀尖上行走
土里刨食的苦命人啊
你用一生做赌注
也赢不过
没有了人性的牌九

黄　香

本来
就是一堆杂草
如果牛马吃了
一夜就能消化成肥料
如果填入灶膛
或许能
炖熟一锅花皮豆角

可是
因为有了人的加工
你的样子
就变得有些奇妙

像铁条
像碱草
……
黄黄的一炷
成了神殿特别符号

参拜、祷告
叩头、跪倒
瘦瘦的黄香
紧紧通着神灵隧道

点燃它
人开始变小
跪拜它
魂开始出壳
袅袅香烟里
我仿佛洞见
人的灵魂正饱受煎熬

老人与狗

胡须
挂满霜雪的老头
牵了一条
无精打采老狗
蹒蹒跚跚脚步
踩踏着寂寞在行走
一前一后两个活物
却像两块
慢慢挪动的石头

老头
鞋底擦着地面

小风悄悄撕扯袖口
老狗
身子摇摇晃晃
狗毛渐渐开始打绺

突然一阵风雪袭来
老头趔趔趄趄
险些摔了个跟头
“老伙计
你看看
我真要倒下了，你可……”
话还没有说完
老狗就默默低下头

第二天意外发生了
老狗撞上了马车
车轮竟成了杀手
它那双
渐渐合拢的眼睛
一直回望白雪满地的路口

之后
老头再从那儿走过
几乎风干成一截木头

除了
胡须凝结的霜花
眼角处
又多了两颗亮亮冰溜

扇啪叽

袖口上
袜桩子早已磨破
黑乎乎泥流儿
顺脸蛋儿淌到下颏
关东山孩子扇啪叽
铆劲儿扇下去
便横扫了
荒寒天地的寂寞

农家孩子
童年贫寒饥渴
小不点儿

就学会制造人间快乐
哪怕
只是一枚小小纸片
也能在沙土中
玩耍出老东北特色

啪叽
圆圆的一轮
像一轮袖珍明月
扇起来
腾起一股股烟尘
竟像
大漠沙场一样辽阔

虽然输赢
只是一枚小小纸壳
里面却蕴含了
大风大雪雄浑气魄
小小年纪
哪个肯轻易服输哟
每一次扇动
都闪烁出
关东人玩儿命的本色

扇啪叽
扇走了贫瘠童年
扇走了遥远岁月
现在偶尔想起它
心里
就氤氲出一股甜丝丝灼热

听墙根儿

腊月夜
天气嘎嘎冷
鼻子尖
冻出了白亮亮冰凌
庄稼院儿
后生们听墙根儿哟
心窝子里
点燃了火烧火燎的感情

耳朵
紧巴巴贴着窗户
眼睛

看着贴了喜字的窗棂
寒夜里
总渴望听到点什么
来填补
内心的荒芜与贫穷

小村子
太寂静了
一年到头
都没个啥热闹事情
哪怕
两头“牤子牛”顶架
全屯子
都会热血沸腾
……
结婚
成了村里一大风景
听墙根儿
后生们眼珠子早已熬红

月牙
开始瑟瑟发抖
星星
眨着疲惫困顿的眼睛

后生们多么失望啊
为啥、为啥、为啥
洞房里
咋就没有一丝响动

墙根儿
还是那样凄冷
欲望
在黑夜里获得放纵
愚昧一旦
没有了文明浸泡
人性荒原
注定就会杂草丛生
哪怕
腊月夜多么荒寒呐
也无法冻僵
后生们荒草一样的心情

一棵树

来自
同一棵大树
木板花纹儿
同系一张图谱
只因离开了遥远森林
彼此的命运
好似飘进了迷蒙晨雾

一截木头
做成了小小摇篮
摇篮边缘
挂满尿臊味儿花布
里面装载了

多少童心梦幻
有笑、有哭
摇摇晃晃中
一个崭新生命
便挪动了命运脚步

另一截木头
做成了紫色棺椁
伴随出殡的悲怆
和披麻戴孝的肃穆
一个苍老的亡灵
在纸灰飘飘洒洒中
被深深埋进了泥土
从此黄泉世界丧失了
白天陪伴它的
只有腐烂成泥的尸骨

摇篮、棺木
生命的落差
竟如此惊心触目
用一棵大树
丈量生死
量出的
何止是
命运磕磕绊绊的长度

森林号子

碎石头
嚓啦嚓啦磨着鞋掌
白毛风
呼啦呼啦吹着胸膛
老林子
木把抬木头
吼起森林号子
连大山都挺直了沉默脊梁

串坡号子
归楞号子
封顶号子

拽大绳号子

……

哪一种号子

不连缀身家性命

哪一种号子

不通向地狱或天堂

木杠子

压到肩上

拷问的是骨骼、肩膀

号子声唤起的

那才是人性中最强悍的力量

肩膀子

撑起的是木杠

号子声吼出的

那才是生命中最鲜活的太阳

抬木头

抬回的是柴米油盐

号子声里

却珍藏着生命信仰

木把们

每迈出坚实的一步

都丈量着

关东人命运最憨直的梦想

如今
森林号子
早已成为岁月过往
每当看到
莽莽苍苍大森林
那生命撕裂的号子
仿佛依旧萦回在耳旁

锢炉匠

脚掌子
磨薄了山岗
肩膀头
落满了清霜
关东山的锢炉匠
靠一根扁担
挑着命运大山在闯荡

锔盆、锔碗
锔锅、锔缸
吆喝声
浸透了生活辛酸

鞋底子
传递出命运的荒凉
疲惫的脚步
踩踏出东山的月牙
冒气儿的汗珠子
滚落了西边的太阳
老黄狗
汪、汪、汪追赶着撕咬
大鹅子
咯儿嘎咯儿嘎撵出了院墙
锢炉匠
只剩下了一个念头
用生命筋骨
缝补着生活缕缕的创伤

村头老树下
当院鸡窝旁
刺啦刺啦的炉火
又燃起庄户人破碎的希望
皮钻
钻出了岁月毛孔
锔钉
缝合着人间忧伤

锢轳匠
大风大雪打磨的梦想
总试图
用皮钻和锔钉
缝合好
关东人生命的河流与山梁

生娃子

草帘子
严严实实遮挡窗户
老铁锅
升腾起一团团水雾
土炕上
关东女人生娃子
竹筷子
用牙齿狠狠咬住

脸蛋子
渐渐扭曲了
像刀尖儿

一丝丝刮碰着筋骨
哪怕
全世界疼痛都赐予她
关东女人呀
照样会一声不吭死死扛住

生娃子
就是用生命来下赌
一百多斤押到这儿
死了活了
哪还有心思在乎

接生婆一脸急迫
已化为
慌乱的六神无主
外屋汉子
傻愣愣看着香火
咣当咣当
跪在地上叩头求助

女人脖筋
高高隆起了
脑门子
挂满了白亮亮汗珠

竹筷子
咔嚓一下咬断了
身下才传来
一声婴儿嘹亮的啼哭

这就是
老东北生命的诞生
是一场女人
豁上性命、血丝呼啦的生死角逐
她生出的
岂止是娇小婴儿
而是大风大雪后
一轮红艳艳的喷薄日出

老冬狗子

草帘子
窸窸窣窣挡住洞口
桦树皮
捆巴捆巴当作枕头
冬狗子
囫囵身子睡山洞哟
那是
用生命把亡灵看守

说好了的
白头到老呀
咋能
撇下他说走就走

就不怕
老林子“麻达山”么
十二道沟
成了生死相望的路口

没挖到“棒槌”
没猎到禽兽
倒把一个
拼死拼活女人连同梦想
都埋在了大山里头
没法
再回山东老家哩
哪还有脸
面对一家老小苦巴巴等候
唯有把自己
也变成一座大山
和大风大雪
结为生死过命的朋友

总害怕
女人太孤单哩
时不时
就到孤坟近前瞅瞅
有时
还会陪她唠唠嗑儿

唠着唠着
眼泪就扑簌簌淋湿袖口

深山老林的日子
荒凉得咋个忍受
寂寞时
只能学一回狼嚎啊
才能
缓解生命苦闷忧愁

命啊
都是命运酿造了苦酒
悲苦中
一对闯关东男女
竟在
冰天雪地中默默相守

终于有一天
老冬狗子远去了
像一片
落叶被风儿轻轻吹走
之后
这莽莽苍苍大山里
就多了两块
永远相望的石头

晒阳阳

一堵
土掉渣的老墙
墙根儿
蓄满了一大块阳光
一个孤零零
老头“堆碎”在那儿
眯缝眼睛
晒着冬日融融暖阳

皱巴巴面容
像遮罩了
一张粗粗糙糙渔网

无论怎样的表情
都被褶皱
揉搓成一脸苍茫
不经意
想起了身旁
一个个远去的老伙计
（张老绝户、赵大筐
吴三倔子、孙皮匠……）
眼角
就有泪水悄悄流淌

都是一些
“摔泥炮”的发小哟
土地上一生一世
早把亲情融入每个人脊梁
无论哪一个走了
那剩下的
就等于血脉中抽去了热量
活着
是一些“掏心窝子”兄弟呀
走了
能否在黄土下唠唠家常
……

老黄狗
趴在脚下一声不响
似乎读懂了
老人那份彻骨的忧伤
舌头一弯一弯
舔舐他湿漉漉眼角
苦巴巴泪水哟
咋比腊月天冰碴子还寒凉

不久
老头也走了
像风儿
吹走了茅草棍儿一样
唯有，唯有
老狗孤单单趴在那里
静静守候
曾经温暖过老头那片阳光

后来，再后来
老狗也走了
只剩下
那堵凄凄楚楚的老墙
阳光仿佛
依旧照在那儿

白惨惨的一片呀
似乎
比寒夜的月光还苍凉

弹溜溜

小脸蛋儿
风干出一道道蚂蚱口
黑手背
冻成了红肿小馒头
光亮亮
冰面儿没遮挡呀
关东娃子
嘶嘶哈哈弹溜溜

单腿儿
跪在冰面儿上
眼睛

狠歹歹地往前瞅
溜溜
一旦弹射出去
多像道闪电
带着风儿在行走

输个溜溜
身上就像割掉块肉哟
赢个溜溜
破被窝里乐半宿

老东北
孩子太寂寞了
一丁点儿
玩耍的东西都没有
多亏了
这个玻璃蛋儿
才把童年味道
调弄得有滋有味挺可口

红芯溜溜
蓝芯溜溜
黄芯溜溜
绿芯溜溜

花花绿绿
描画了多少童年梦
如今想起哟
就像喝了碗老烧锅的酒

喇叭匠

腮帮子
吹得鼓溜溜冒亮
胡茬子
挂着星星点点白霜
所有气力
都用在嘴巴上
一声喇叭响
就托举起血脉中的太阳

姑娘出嫁了
毛驴背
驮载着寒酸嫁妆

嘎哒嘎哒驴蹄声
把命运托付给荒凉远方
唯有喇叭声调
给了女人丝丝热量
喜喜滋滋韵味哟
温暖了女人一步三回头的心肠
再看——
驴腚后的吹鼓手
不知为何
眼角早已蓄满了泪光

老人出殡了
白茬儿棺材
装载了他一生沧桑
哪怕纸钱
纷纷扬扬飘洒
也遮盖不住老人命运的荒凉
唯有喇叭声调
扎着心尖子响
那凄凄楚楚调门儿哟
牵引了灵魂一步一步走进天堂
再看
棺材旁的吹鼓手
不知为何

面皮刻满了一道道哀伤

红事白事
不一样的状况
悲欢离合的酸甜苦辣
喇叭匠
都要用心窝窝一丝丝品尝

关东烟袋

火炕上
盘腿大坐
老旱烟
一点一点拧进烟锅
关东女人抽烟袋哟
长长烟袋杆儿
就是一条燃烧的生命长河

吧嗒一口
点亮了人间烟火
呼出一口
释放出生命灼热

大姑娘小媳妇聚一块
一团团烟雾
汇成了冰天雪地的云朵

刺啦啦声响
驱赶着“猫冬”的寂寞
袅袅轻烟
抚平了岁月的坎坷
“蛤蟆头”
化解了心头悲苦
漂河烟
打开了命运一道道绳索

新媳妇点烟
用烟火孝敬公婆
小小火柴棍儿
承载着老一辈嘱托
老烟袋
散发着人间情和爱
一袋关东烟
就燃起了一个家族心灵之火

白蒙蒙烟灰
消毒止血

黑亮亮烟袋油子
驱赶着毒蛇
二尺长的大烟袋
那是女人应手的家伙
舞动起来哟
能扫平高山峻岭、大江大河
关东山烟袋
空心柳制作
老黄铜的烟袋锅
永远闪烁
关东人金子一样的光泽

东北秧歌

小喇叭
吹得人心尖子发热
大红鼓
敲得天地都哆嗦
关东人
浪巴丢地扭起来哟
东北秧歌
就是冰天雪地的一团火

老东北的冬天
多像一根沉默的绳索
锁住了大地

冰封了江河
连一只只
探头探脑的家雀儿
都感到孤单、寂寞
唯有、唯有
冰雪中站立的关东人
血管里
却奔涌着一条燃烧的大河

绑上高跷
拿起铜锣
抖开扇子
扭起秧歌
生命的热量
托起了人生的太阳
热血激情
融化开了漫天的大雪

二老扢的烟袋
点燃了“蛤蟆头”烟火
猪八戒的耙子
舞动出庄户人的快乐
高跷腿子
那是一片行走的森林

大红的手绢
抖落开了关东山火辣辣品格

东北秧歌啊
黑土地的魂魄
风雪中打磨三百载哟
一声喇叭响
就能把东北人的血脉全部激活

扬　场

唰啦——
一声微微轻响
老木锨
把粮食活脱脱扬到了天上
累死累活的庄户人
总想让上苍
掂一掂秋天的分量
风儿
才是上苍使者
它能读懂
每一颗汗珠子盐分的含量

粮食落下
默默无声
沉甸甸籽粒
从来鄙视轻飘飘翅膀
“圪挠”花子
飘浮起来了
一下子迷失了行走方向
只能凭借风的托举
在空中
蚊虫一样没头没脑飞翔

土坷垃下
藏匿了多少祈盼
禾苗出土
叶片开始了春天歌唱
庄稼拔节儿
那是生命骨头在呼喊
小小谷壳哟
装载了庄户人天一样大梦想
老木锨扬起的
岂止是一个秋天
那是从黑土渣里
捧出的一轮人生太阳

大扫帚
从粮堆上漫过
多像母亲用手掌
轻轻摩挲孩子脸庞
每一次
带着体温的抚摸
都给粮食
注入了生命激情和力量

扬场
扬走了几百年岁月
却扬不走
关东人对土地的信仰
老木锨
虽然成了陈年记忆
到了秋天
我依旧会对它有一种痴情向往

放亮子

松木杆子
插进了激流
柳条篱笆
圈住了“箔口”
倒戗刺儿囤子放坝下
捕鱼人
用“鱼亮子”把梦幻寻求

花翅膀
蚊子飞来了
一丁点儿
声音都没有

绿头“瞎眼儿虻”扑来了
一口叮上
就能刺穿冒血的皮肉
捕鱼人
苦巴苦业看“亮子”哟
全家人日子
都沉甸甸押在河水里头

四月的夜风
小刀子一样坚硬
五月的流水
冰碴子一样扎着骨头
八月的闪电
贴着头皮儿擦过
十月的清霜
白惨惨挂满破烂袖口
……
水汪汪鱼亮子
成了生命道场
每一朵水花
都修炼成命运的信仰、祈求

嘎牙子、鲫鱼
鲤拐子、泥鳅

还有水灵灵小河虾
伴着水草随波逐流

鱼囤子装满了
那是苍天的补救
鱼囤子空落着
装不尽岁月的忧愁
一把抄捞子
丈量着贫穷富有
小小鱼亮子哟
流淌着渔民对命运的感受

一袋旱烟
一壶土酒
老东北
看亮子的捕鱼人
太阳月亮
才是最温暖明亮的朋友

线板子

缠着白线
缠着黑线
缠着蓝线
缠着红线
……
二寸宽的木板上
缠绕着女人
弯弯曲曲的辛酸

当家的
破衣服扔过来了
相当于扔来了

一堆生活的残片
大窟窿小眼子怎么缝啊
对于女人
那就是一种生命纠缠
大块布，没有
破铺衬，一点点
细密的针脚
一挑一剜
无奈缝缀着命运的伤残

小孩子回家了
裤脚子又一次开线
白花花
棉絮裸露出来
像生活的伤口
又撒了一把土盐
戴上顶针儿
挪过油灯
纫上针线
大针小线缝起来哟
缝补着
一个个划出伤口的夜晚

灯烟灰

一丝一丝熏黑鼻孔
黄月牙
一弯一弯挂在窗前
一铺大炕
响起嘹亮鼾声
唯有灯下女人
用针线
缝补着一家人的睡眠

手上顶针儿
布满命运坑洼
白线黑线
缠绕着白天黑天
当针尖上
滑动的青丝褪成白发
一脸褶皱
怎能遮挡岁月的沟沟坎坎

小小线板子
无边无际的针线
关东女人
用苦巴巴一生
缝缀出了
补丁摞补丁的昨天

老娘的窗口

落叶松
窗框早已老旧
斑驳的窗扇儿
还残留着星星点点蓝油
就是这个
老掉牙的窗户哟
竟成了老娘
观看世界的唯一窗口

腿脚不行了
只能挪挪蹭蹭地走
眼巴巴看着窗外

心里
那是怎样的一种感受
企盼、瞭望
祈祷、寻求
好像还不只这些
好像酸甜苦辣的滋味都有

儿子
离家时瘦弱背影
背满了
她沉甸甸的嘱托
女儿
出嫁时俭朴嫁妆
落满了
她目光似水的温柔
小孙子
胖嘟嘟脸蛋儿
有着她目光的抚摸
老头子
打更穿的皮大衣
被眸子送过城边的路口

同是一家亲人哟
为啥

还要隔着玻璃瞅
不是
刚刚离开家门么
咋好像
分别了几个春秋
人上了岁数都是这样吗
看亲人
仿佛咋看，咋看都看不够

从春看到夏
又从夏看到秋
多想拜托
南飞的大雁
再把那
当兵的小崽子瞅瞅

究竟
要看个什么哟
到底
有着怎样的诉求
我敢说——
母亲的目光
那才是天底下
最温暖、最深情的河流

日子久了
窗口竟成了
晚辈人生命的码头
出家门时回望一眼
看到老娘
就知晓
脚下的路径该怎么走
回家时仰望一下
看到苍苍白发
就感到
心中有了“扑头”

生活的委屈
生命的承受
岁月的颠簸
命运的浊流
孩子们
磕磕绊绊的遭际哟
在老娘的目光中
都将随风飘走

如今
老娘远去了
窗口

空落落的啥也没有
每每朝那儿依依凝望
仿佛还能看见
老人家在那儿微笑、挥手

老娘的窗口
成了我们
灵魂“神龛”、人生星斗
无论走过
怎样的岁月山岭
只要想到它——
心中就涌起甜丝丝暖流

柳条边

青青
柳条子多么柔软
却被种植成
阻挡生命的栅栏
油汪汪
黑土多么暄软
却被堆砌成
封堵人性的门槛

山海关，凤城、开原
城子镇，九台、舒兰
……

两千多里的长堤
在关东土地上爬行
一道历史疤痕
在岁月褶皱中镶嵌
三尺高边墙
演化成了岁月长枷
长长柳条子
编织成狂风暴雪中羁绊

没有饥荒
哪个生命愿意荒芜
但凡还能活着
哪个人舍得背离家园
山东洪涝
河南洪涝
河北大旱
……
老天爷
把灾难捆绑一起
咔嚓砸碎了
人们手中粗糙的饭碗

于是——
一场大迁徙开始了

逃荒的脚步
哪里还在乎大海高山
从山东
从河北
从河南
一张张
绿菜叶般的面孔在挣扎
一双双
绝望的眸子在期盼
拖儿带女
背包摞伞
尘土飞扬
破衣烂衫
全家人的梦想
都装进了逃难的箩筐
乞讨的葫芦瓢
竟支撑起一家人食物来源

路边的榆树
被啃光了树皮
草棵里的蚂蚱
被撕咬成了碎片
……

拼死，挣扎
闯荡，冒险
那倒下去的
死前
还不肯闭上饥饿双眼
那活下来的
摇摇晃晃
哪个知晓是否还有明天
丢弃的孩童
路边乍巴乍巴向苍天哭喊
倒地的老头
双手触地一丝丝挪蹭着向前
寻尸野狗
又伸出了粉红色舌头
黑色乌鸦
灵旗般在云缝处盘旋

饥饿
成了人性最大灾难
活着
飙升为世间最昂贵的保单
逃难者
脚步究竟逃向哪里呀
生命的坐标

共同指向柳条边

哪怕双脚
踩着刀刃儿在行走
哪怕血管里
最后一滴血都流干
哪怕手指甲
抠着地面朝前爬呀
就是死
也要死在柳条边

柳条子再硬
也硬不过逃荒人骨头
土坝再坚固
也抵不过难民的双肩
饥饿的牙齿
终于撕开了柳条边墙
流血的脚板
彻底踏碎了这道封禁难关

之后，之后
老东北诞生了千古传奇
白山黑水
升起了闯入者不屈的炊烟

淘金、伐木
狩猎、放山
狗爬犁
拉走了沉闷的严冬
勒勒车
碾过了挂着冰碴的荒原
黑土地
迎来了倔强弯钩犁
点葫芦
唤醒了老东北第一个懵懂的春天

柳条边
多像一本陈年旧账
记录了
闯关东的苦难、艰险
还有大风大雪里的辛酸

柳条边
更像一双历史的睡眼
见证了
关东人的勤劳、大胆
还有那份不屈不挠的尊严

柳条边

一天天老去了
衰老成了历史残片
老柳树弯曲了
脊背上写满风烛残年
哪怕坍塌的边墙
风化成了岁月尘土
那黑黝黝泥土哟
依旧会铭记
关东人用热血
点燃的那个老东北的昨天

后　记

——写在《老东北记忆》出版的之时

系列组诗《老东北记忆》趔趔趄趄、磕磕绊绊走到今天，走出了一点声势，走出了一点影响，走出了一点气象……多亏了朋友们、亲人们的鼓励、支持，可以说，没有大家的帮衬、帮扶，就不会有这本《老东北记忆》。俗语讲，众人拾柴火焰高，《老东北记忆》的火焰，全凭着大家的八面来风。

首先感谢《人民文学》杂志、《农民日报》文艺副刊、《吉林日报·东北风》文艺副刊、《作家》杂志、《意林》杂志、《参花》杂志、《长白山视界》杂志、《长春日报》文艺副刊、深圳

《保安文学》杂志、《猛犸象》诗刊等报刊对《老东北记忆》的抬爱，同时感谢人民日报新媒体、中国诗歌网、中国有声阅读、省作协“文学吉林”公众号、吉林人民广播电台旅游广播、吉林诗歌网、“二三里”资讯、大安文联公众号、“清荷花语”文学平台等对《老东北记忆》的关注、推荐。

诚挚感谢吉林省委宣传部和吉林人民出版社对《老东北记忆》的扶持，感谢编辑人员的敬业和严谨……

应该感谢的人，需要感谢的人，很多很多，同仁、同学、同志、老乡、朋友、亲人，等等，在这里就不一一赘述了。

《老东北记忆》，受到大家如此喜爱，这是我当初写作时没承想到的，也是不敢奢望的……有的专家说，《老东北记忆》是关东土地上的一部原汁原味、带毛带血、挂着冰碴、粘着土渣、弥漫着冰雪气息和泥土气息的地域风情诗；有的专家说，《老东北记忆》是一部书写关东冰雪情、山水情、土地情、渔猎情、民俗情的抒情诗；有的朋友说，《老东北记忆》是一座具有文学价值、文化价值、思想价值、收藏价值、研究价值的袖珍版关东地域文化博物馆；有的朋友说，《老东北记忆》是新时代东北大荒文脉的新乐府；有的朋友说，《老东北记忆》是21世纪东北大地的新民谣……我深知，专家们、朋友们的这些过誉之词，绝非仅仅是对我笔下文字的喜爱，绝非仅仅是对合辙押韵《老东北记忆》诗作的喜爱，而是缘起于他们对东北大江大河的喜爱，对东北大风大雪的喜爱，对东北人粗手大脚的喜爱，对东北人大碗酒、大块肉、粗犷神勇、血性豁达、豪情飞扬的喜爱……这种喜爱，浸透着人们无限情感，饱含着人间浓浓乡愁，掺拌着关东子民对往昔岁月无边无际的追忆，还有对土地、山川、草木、母亲、童年的回望与品咂……我的文字，只是将人们炽热的情感和自然的山水做了一点简单连接，将人间的苦乐和岁月的印痕做了一点清理，将老东北这座丰盈、富饶、鲜活、动人的文化冰山做了一点描摹、勾勒、揭示……无疑，我的这种描摹、勾勒、揭示，是笨拙的、粗浅的……我的诗，说到底，就是地地道道的老东北黑泥脱出的一块砖坯子，还没有经过烧制，连砖都算不上……但我的愿望是，抛出这块粗粝的毛坯子，给明天的东北文化、东北文学、东北诗坛引来真正的美玉……

书，要出版了，有点像自己养育多年、陪伴多年而忽然要离家出嫁的女儿一样，有喜悦、有牵挂、有惦念、有不舍、有期待、有憧憬，更有泪眼汪汪的相送……只希望这份割舍不断、拉心拉肝、梳理不清的情感，透过书中悠远绵长淡淡的墨香，透过一笔一画四四方方的中国汉字，透过字缝中星星点点的空白，传递给你——我的读者朋友，希望你也像我一样，喜欢它、珍惜它、呵护它、传播它……于是，通过这本《老东北记忆》，我们或许就成了心心相印的朋友！

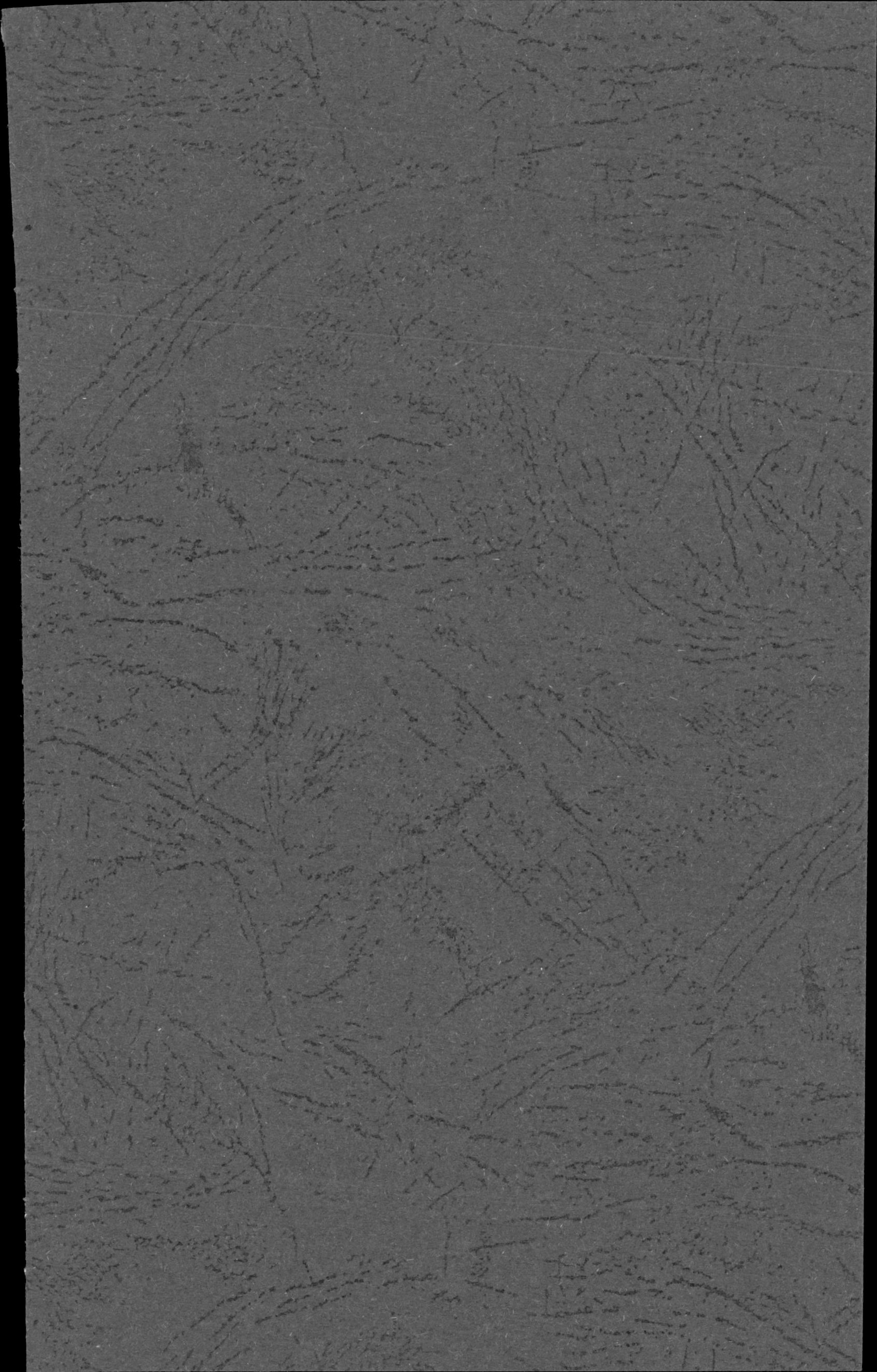